속
이 멋진 세계에
폭염을!
2
제멋대로 버스터즈

이 멋진 세계에 폭염을! 제멋대로 버스터즈 2

CONTENTS

「자, 모험을 떠나죠!」
「어디든 함께할게요!」
「메구밍, 무모한 짓은 안 할 거지? 저기, 내 말 듣고 있어?」
「오늘도 미소녀들에게 둘러싸여서……. 아쿠아 님. 저, 행복해요……!」

세실리
아이리스

속 이 멋진 세계에 폭염을! 2

아카츠키 나츠메 지음
미시마 쿠로네 일러스트
이승원 옮김

런 협박에는 굴하지 않아요!"

메구밍은 아쿠아를 향해 그렇게 외치고 발끈했다.

"오늘은 평소보다 더 텐션이 높네……. 그래도 장마철 동안은 좀 봐달라고. 그 후에는 모험이든 뭐든 다 같이 해줄게."

"……정말인가요? 장마는 며칠 후에 끝나는데요?"

메구밍이 미심쩍은 눈길로 쳐다보자—.

"장마가 끝나고 내년 즈음에……."

"올해가 끝나려면 한참 멀었거든요?! 저와 같이 모험을 해준다면 이 식당 할인권을 줄게요!"

인내심이 바닥난 메구밍이 얄팍하기 그지없는 지갑에서 꺼낸 티켓을 흔들어보였다.

하지만 그런 것에 낚이는 건 너 뿐이라고 말해주고 싶었다.

"저기, 메구밍. 나와 함께 창틀에 자란 정체불명의 버섯이나 관찰하자. 장마가 시작되고 얼마 후에 자라난 건데, 이 버섯은 때때로 빛이 나."

"잠깐만, 그거 평범한 버섯 맞아? 왜 버섯이 때때로 빛나는 건데?"

아쿠아가 관찰하고 있는 버섯에 관심이 생긴 내가 살펴보려던 순간, 메구밍이 그것을 뽑아버렸다.

"이딴 게 뭐라고 그렇게 쳐다보는 거죠?! 확 오늘 저녁 반찬거리로 삼아버리겠어요!"

"앗~! 메구밍, 뭐하는 거야~?! 분무기로 물을 뿌려주면 이 애는 몸을 부르르 떨며 기뻐한단 말이야! 요즘 점점 이 애가 귀여워 보이기 시작했는데!!"

어이, 그건 분명 버섯이 아니거든?

"여러분이 모험을 하지 않겠다면, 저 혼자라도 하겠어요! 그래도 정말 괜찮겠어요?! 엄청난 모험을 하고 돌아온 저를 나중에 부러워하지나 말라고요!"

"그렇게 해. 끝내주는 대활약이든 뭐든 다 하고 오라고."

내가 귀찮다는 투로 그렇게 말했더니 메구밍의 눈썹이 그녀의 분노를 표시하듯 하늘을 향해 점점 치솟았고—.

"놀러가는 건 좋지만, 저녁 식사 때까지는 돌아와라."

"여행을 갈 거면, 돌아오는 길에 선물 사와."

"이 세 사람은 정말……! 좋아요! 저 혼자 가겠어요! 나중에 땅을 치고 후회하지나 말라고요!"

우리 집의 성미 급한 마법사는 그렇게 말하며 모험을 떠났다.

제1화
왕도에 비틀!

1

"―그렇게 되어서, 파티 멤버를 구하러 온 거예요."

"저기……. 다른 분들은 비교적 성실하게 모험가로 활동하고 계시니, 장난이나 모험가 놀이 같은 건 친구분들과 하시는 게 어떨까 싶네요……."

액셀 마을의 모험가 길드.

아까 카즈마 앞에서 혼자 모험을 하러 가겠다고 당당히 선언한 나는 벌써부터 벽에 부딪쳤다.

"진지하게 모험을 하고 싶다는 말을 했을 뿐인데, 왜 장난이나 모험가 놀이를 하려는 거라고 여기는 거죠?! 언니는 제 실력을 알잖아요! 풋내기 시절의 저는 동료를 모으지 못해서 고생을 꽤 했었어요. 하지만 저도 지금은 엄청난 실적을 쌓은 고레벨 아크 위저드거든요? 그런 제가 새내기 모험가의 퀘스트에 동행하겠다는 거예요."

"메구밍 양은 사토 씨의 파티에서만 제대로 실력을 발휘할 수 있을 것 같은데요……. 일단 멤버 모집을 해보겠지만, 너무 기대는 하지 말아주세요."

길드 직원 언니는 그렇게 말하고 이 자리를 벗어나려 했다.

"가능하면, 저에게 걸맞은 고레벨 혹은 상급 직업 파티로 부탁드릴게요."

"여기는 풋내기 모험가의 마을이거든요?! 파티 모집 난이도를 올리지 말아주세요!"

내 말에 그렇게 대꾸한 길드 직원 언니는 멤버 모집 용지를 게시판에 붙인 후 접수 카운터로 돌아갔다.

—세 시간 뒤.

"저기, 언니. 파티 영입 제안을 한 번도 못 받았는데요……."

"그게 당연하지 않을까요……."

아무도 찾아오지 않아서 화가 난 나는 길드 직원 언니에게 따지기 시작했다.

"다들 최강의 힘을 지닌 마법소녀를 두려워하는 걸까요? 제가 말을 걸어볼 테니까, 괜찮은 사람을 추천해주지 않겠어요?"

"추천을 해달라고요……? 으음, 방금 그 말을 듣고 고개를 홱 돌린 아세어 씨. 저기서 저를 쳐다보며 애원하듯 두 손으로 깍지를 끼고 있는 앤디 씨. 그리고……."

말끝을 흐린 언니의 시선이 향한 곳에는…….

기대에 찬 눈길로 나를 힐끔힐끔 쳐다보고 있는 홍마족 차기 족장이 있었다.

"……재는 빼고 부탁드릴게요."

"어째서야아아아아아아아아아?!"

융융이 울상을 짓고 이쪽으로 뛰어왔다.

"한 파티에 아크 위저드가 두 명이나 있으면 효율이 나쁘잖아요! ……그것보다 융융은 홍마의 마을에서 돌아온 후로 다른 모험가와 파티를 짰을 줄 알았는데, 아직도 외톨이의 길을 걷고 있는 건가요?"

나는 한숨을 내쉬고 그렇게 물었다.

얼마 전, 융융은 홍마의 마을에서 족장시련을 무사히 치르고 돌아왔다.

그리고 그때, 액셀 마을의 모험가들이 융융을 따르고 있으니 직접 파티를 짜자는 제안을 하면 거절당하지 않을 거라는 점을 알려줬다.

"그, 그게 말이야……. 몇 번 말을 걸어보려고 했는데, 좀처럼 타이밍이 안 맞지 뭐야……."

……타이밍?

"길드에 아침 일찍 와서 퀘스트를 받는 사람은, 파티가 갖춰져 있고 준비도 마친 거잖아? 그런데 내가 끼면 그 날의 계획이 헝클어질지도 몰라……. 그렇다고 퀘스트를 마친 사람들에게 말을 걸자니, 피곤해서 돌아가는 길일 것 같아서 좀 미안하고……."

"괜한 걸 쓸데없이 신경 쓰는 건 여전하군요! 그냥 얼굴에 철판 깔고 찾아가서 동료로 받아달라고 하면 되잖아요! 당신이 그런 소리를 하면 어느 파티라도 바로 받아줄 거예요! ……아니면, 멤버 모집을 하려고 게시판에 용지를 붙인 사람들을 찾아가면 되잖아요?"

마법사나 회복술사는 항상 숫자가 모자라기 때문에 다들 탐을 낸다.

그러니 모집하는 사람이 없을 리가 없는데…….

"일단 게시판은 확인해봤는데, 다들 마법사를 모집하지 뭐야……. 나는 아크 위저드인데……."

"마법사의 상위 직업이니까 괜찮다고요! 이 애는 진짜 손이 많이 가네요……!"

나는 우물쭈물하는 융융의 뒤편에서 그녀의 어깨를 움켜쥔 후, 길드 사람들에게 잘 보이는 위치로 데려가서 이렇게 말했다.

"아크 위저드가 필요한 분은 없으신가요? 이 애가 파티 멤버를 모집하고 있어요. 중급 마법뿐만 아니라 상급 마법과 텔레포트도 쓸 줄 아는 고레벨 홍마족이에요!"

내가 그렇게 말하자 길드 전체가 웅성거렸다.

"맙소사! 융융 씨가 파티 멤버를 모집하는 거야?!"

"우, 우리 파티는 이 마을 모험가 치고는 꽤 레벨이 높으니까, 융융 씨를 충분히 보좌할 수 있을 거야……!"

"어이, 너희 파티에는 이미 마법사가 있잖아! 우리도 마법을 쓸 수 있는 녀석이 필요하다고!"

"우리 파티는 여자뿐이니까, 융융 양도 여러모로 지내기 편할 거야……!"

누가 무슨 말을 하는 건지 알아들을 수 없을 정도로 시끄럽게 떠들어대는 가운데…….

"게다가, 다른 사람도 아니고 바로 저도! 폭렬마법을 쓸 수 있는 저도 함께 가입해드리죠! 자, 저희를 동료로 삼고 싶은 이들은 당당히 나서 보세요!"

내가 덧붙여서 그렇게 말한 순간, 길드 전체에 정적이 감돌았다.

—됐다.

자, 이제 가장 좋은 조건을 제시한 파티에 들어가면…….

"……어이, 어떻게 할 거야? 융융 씨는 매력적이지만, 딸려오는 혹이……."

"으으, 어쩌지……. 제대로 된 홍마족이라면 무슨 수로 써서라도 파티에 영입하고 싶어……! 하지만, 그 대가로 희생해야 하는 게……."

"딸려오는 혹의 임팩트가 너무 커. 사고를 칠게 뻔해. 카즈마가 얼마나 고생하는지는 다들 잘 알잖아……."

…………………….

"메, 메구밍의 말이 사실이네……. 에헤헤. 어, 어쩌지? 다들 머뭇거리는 것 같지만, 반응을 보아하니 나를 받아주는 파티가……. 잠깐만, 너 지금 뭘 영창하고 있는 거야아아아아앗!"

"거봐! 혹이 사고를 치려고 하잖아!"

"바인드 쓸 수 있는 녀석 없어?! 저 녀석은 레벨이 엄청나니까 힘으로 제압하는 건 어렵다고!"

"꽁꽁 묶어서 길드 밖으로 쫓아내버려!"

"모험가 여러분, 긴급 퀘스트입니다! 누가 메구밍 양을 말려주세요!! 보수는 3천 에리스예요……!"

—길드에서 쫓겨난 나는 상점가의 처마 밑에서 비를 피하며 노점에서 산 꼬치구이를 먹고 있었다.

"저 덕분에 짭짤하게 벌었네요. 융융도 식기 전에 먹어요."

"먹기는 뭘 먹어! 저기, 왜야?! 왜 매번 내 인생을 방해하는 건데?! 홍마족의 시련을 함께 치를 때도 네가 몇 번이나 폭렬마법을 쓴 바람에 실격했잖아! ……삐친 것처럼 볼을 부풀리지 마아아아아!"

화가 머리끝까지 치솟은 융융이 꼬치를 입에 넣은 내 볼을 양손으로 꾹 눌렀다.

"이러디 마요! 저는 혀아 고그비에요! 음시기 입바그로 나가버여요!"

어찌어찌 그 손을 떼어낸 나는 입 안의 음식을 삼킨 후 울상을 짓고 있는 융융과 거리를 벌렸다.

"정말 좋은 기회였는데 너 때문에 날렸어! 이래서는 부끄러워서 말을 걸지 못할 거야! 대체 어떻게 책임질 거야?! 나도 동료를 가지고 싶단 말이야!"

"동료라면 같은 홍마족인 제가 있잖아요. 그런 동료를 제압해서 보수를 타놓고, 그런 소리를 하는 건 너무하지 않나요?"

"상금 3천 에리스짜리가 무슨 소리를 하는 거야? ……아, 아야얏! 아프니까 하지 마!"

나는 무례한 소리를 한 융융을 괴롭히다가 퍼뜩 깨달았다.

이 마을에 내 얼굴을 모르는 사람이 없다는 점이 문제다.

그렇다면 내 악명을 모르는 마을에 가보는 건 어떨까.

"그런데, 메구밍은 왜 갑자기 파티 멤버를 모집할 생각을 한 거야? 카즈마 씨는 어쩌고……. ……어, 뭐, 뭐야? 왜 그래?"

거기까지 생각이 미친 나는 이제 와서 그런 질문을 하는 융융의 어깨에 손을 얹었다.

2

"……뭐, 그렇게 된 거예요. 이제 이해했죠?"

"잘 알았어! 네가 얼마나 바보인지를 말이야!!"

흥분한 탓에 눈동자가 새빨간 색으로 변한 융융이 내 설명을 듣자마자 버럭 고함을 질렀다.

"어이, 평소에 내 친구인 척을 다 해놓고 이러는 건 너무하지 않느냐! 동성 친구라면 이럴 때 「카즈마 씨는 참 나쁜 사람이네~, 네 심정은 충분히 이해해~. 맛있는 거라도 먹으러 갈래? 물론 내가 한 턱 쏠게~」라며 위로해줘야 하는 것 아닌가요?!"

"그런 얄팍한 소리나 늘어놓는 건 진정한 친구가 아냐! 그리고 나는 카즈마 씨의 심정을 충분히 이해해! 왜냐하면……."

융융은 과장스러운 손짓으로 주위를 가리키더니—.

"여기는! 왕성이잖아!"

울상을 짓고 고함을 질렀다.

"따뜻한 차를 마시니 좀 진정이 되나요? 저기, 한 잔 더 주세요."

이곳은 액셀 마을에서 한참 떨어진 곳에 있는 왕성 안이다.

융융의 텔레포트로 왕도에 온 우리는 얼굴 패스로 왕성 안의 응접실에 왔다.

"진정했어……. 저기, 고함을 질러서 죄송해요. 진심으로 사과드릴게요. 저는 얘한테 속아서 여기까지 끌려왔을 뿐이에요. 제발 사형만은 봐주세요."

"갑자기 왜 그러는 거예요? 성에 발을 들였다고 바로 목이 달아나지는 않는다고요!"

융융은 집사 할아버지가 타준 차를 단숨에 들이키더니 가라앉은 눈길로 나를 지그시 쳐다보았다.

내가 아까 입에 담았던 「저를 친구라 생각한다면 좀 믿어주세요」라는 말을 철석같이 믿고 여기까지 따라온 융융은 이제 그 누구도 믿지 못하게 된 것 같았다.

"괜한 걱정하지 마세요. 여기에 사는 말단 부하에게 같이 모험을 하자는 말을 하러 왔을 뿐이에요."

"말단 부하? ……저기, 메구밍? 나, 엄청 불길한 예감이 드는데……."

융융의 얼굴이 점점 질려가는 가운데, 집사인 할아버지가 새로 끓인 홍차를 가져왔다.

"메구밍 님, 홍차 드시죠. 과자도 더 가져다 드릴까요?"

"아, 남은 과자는 동료들한테 선물 삼아 가져다줄 거니까 좀 싸주세요."

"진짜 뻔뻔하네! 고, 고함을 질러서 죄송해요……."

융융이 부끄러워하며 몸을 움츠렸을 때, 문 쪽에서 노크 소리가 들렸다.

그리고 열린 문 너머에는—.

"아아……. 역시……."

절망에 찬 표정으로 울상을 짓고 있는 융융에게—.

"두목님, 융융 씨, 왕성에 잘 오셨어요! 그리고 융융 씨에게는 다시 자기소개를 해야겠네요. 치리멘돈야[#1]의 손녀이자 도적단 말단인 이리스는 저의 정체를 숨기기 위한 가짜 신

#1 치리멘돈야(縮緬問屋) 견직물의 일종인 치리멘을 파는 상인. 또한, 일본의 암행어사격 존재라 할 수 있는 『미토 고몬』이 신분을 위장할 때 이 직업을 자칭하고는 했다.

분……. 저의 본명은 바로 아이리스. 베르제르그 스타일리시 소드 아이리스라고 해요!"

좌우에 클레어와 레인을 거느린 아이리스가 만면에 미소를 짓고 그렇게 말했다—.

"—그렇게 되어서, 당신과 같이 모험을 하려고 이렇게 찾아온……."

"좋아요!"

내가 지금까지의 경위를 설명하자 아이리스는 내 말을 끝까지 들어보지도 않고 바로 대답했다.

"안 됩니다! 아이리스 님, 그건 말도 안 되는 소리예요!"

"그래요, 아이리스 님! 부디 자중해 주세요! 메구밍 양도 바보 같은 놀이에 아이리스 님을 끌어들이지 말아주세요!"

측근인 두 사람이 말려서 아이리스는 표정을 굳혔다.

"클레어……. 당신이 저에게 충성을 바치고 있을 뿐만 아니라, 눈에 넣어도 아프지 않을 만큼 소중히 여기고 있다는 건 잘 알고 있답니다."

"아, 아이리스 님……?"

아이리스는 진지한 표정으로 그렇게 말했고 클레어는 당황했다. 그리고 아이리스는 그런 클레어의 손을 양손으로 감싸 쥐며 말을 이었다.

"하지만 저는 베르제르그의 왕녀예요. 무예를 숭상하는

이 나라의 제1왕녀인 아이리스란 말이에요! 클레어, 당신이 모시는 사람을 믿으세요. 두 사람이 오랫동안 지켜온 저도, 지금은 드래곤 슬레이어랍니다. 그래요. 이제는 제가 클레어를 지킬 차례예요. 베르제르그의 공주로서, 악독한 마물들로부터 이 나라를 지키고 말겠어요!"

"아이리스 니이이이이이이이이이임!"

얼굴이 눈물로 범벅이 된 클레어가 아이리스의 허리에 매달렸다.

"이, 이 클레어, 오랫동안 아이리스 님을 모셔오면서 오늘만큼 기뻤던 적이 없습니다! ……알았습니다. 더는 아무 말도 하지 않겠어요! 어엿하게 성장한 아이리스 님을 믿고, 무사히 귀환하시기를 기원하고 있겠습니다!"

클레어는 그렇게 말하더니 오열을 하면서 아이리스의 가슴에 얼굴을 묻었다.

드레스가 눈물에 젖은 바람에 약간 난처한 표정을 지은 아이리스가 두 손을 슬며시 말아 쥐면서—.

"됐어."

"아이리스 님, 하나도 안 되었거든요?! 그리고 클레어 님도 속으면 안 돼요. 방금 그 말에는 아이리스 님이 모험을 해야 할 필요성이 단 한 마디도 담겨있지 않단 말이에요!"

"헉! 그, 그래! 맞아! 아이리스 님, 현재 이 나라는 위기에 처해있지 않습니다! 그러니 당신께서 일부러 나서서 마물을 해치울 필요가 없어요!”

레인의 말을 듣고 퍼뜩 정신을 차린 클레어가 벌떡 일어서면서 언성을 높였다.

그러자 아이리스는 슬픔에 찬 표정을 짓고 두 충신을 올려다보더니—.

“……클레어와 레인은 제 부탁을 안 들어줄 건가요?”

“무슨 부탁이든 다 들어드리겠습니다.”

“들어주면 안 돼요, 클레어 님! 아이리스 님, 어느새 이런 잔꾀를 익히신 거죠? 부탁이니 저희를 난처하게 만들지 말아 주세요……!”

대체 누가 이런 짓을 이 아이에게 가르쳐준 것일까.

어디 사는 백수가 떠오르는 잔꾀를 부리는 아이리스를 보니, 같은 핏줄은 아니더라도 남매는 닮는 걸지도 모른다는 생각이 들었다.

클레어가 거의 함락된 가운데, 레인은 끈질기게 버티고 있었지만…….

아이리스는 볼을 부풀리고 필살기를 사용했다.

“……저, 두 사람이 싫어질 것 같아요.”

“아이리스 님, 무슨 소리를 하시는 거예요?! 클레어 님의 호흡이 멎을 것 같아요! 그런 말씀만큼은 절대 입에 담지 말아 주세요!”

레인은 갑자기 쓰러진 클레어를 부축하면서 울음기 섞인

목소리로 그렇게 외쳤다.

그 모습을 본 아이리스는 한숨을 내쉬었다.

"하아, 어쩔 수 없군요. 알았어요. 이렇게 말로 설득을 시도했는데도 무리라면, 다른 방식으로 두 사람을 납득시키겠어요."

"아이리스 님, 이게 설득이라고 우기시는 건가요?! 그 어떤 수를 쓰시더라도, 저는 납득하지 않을 거예요! 아이리스 님의 거듭된 탈주 덕분에 감봉을 어마어마하게 당했으니까요!"

레인은 아이리스의 다음 수를 경계하면서도 할 거면 얼마든지 해보라는 태도를 취했다.

"두 사람 다 훈련장으로 따라오세요."

"……예?"

아이리스의 말을 듣고 고개를 갸웃거리던 레인은 곧 그 말의 의미를 이해한 건지 얼굴이 새파랗게 질렸고—.

"제가 마물 따위에게 당할 리가 없다는 걸, 지금부터 두 사람을 상대로 증명……."

"다녀오십시오, 아이리스 님."

아이리스가 말을 끝까지 잇기도 전에 공손하기 그지없는 예를 표하며 그렇게 말했다.

3

"나중에 호위 분들에게 말 좀 잘해두세요. 안 그랬다간,

다음부터 저희는 왕성에서 문전박대를 당할 거예요. 그건 그렇고, 한동안 안 본 사이에 꽤 어엿해졌군요."

"돌아가는 길에 그 두 사람에게 줄 선물을 사갈게요. 바깥세상에는 저에게 도움이 되는 게 잔뜩 있어요. 오늘도 사회공부를 열심히 할 거예요."

왕성을 나선 우리는 기분이 좋아 보이는 아이리스를 데리고 모험가 길드로 향했다.

"하지만 왕도 주변의 몬스터는 하나같이 강하잖아요. 아이리스가 아무리 강해도 방심은 금물이에요. 뭐, 여차하면 저희한테 기대세요. 이래 봬도 저희 파티에는 그 고명한 홍마족이 두 명이나 있으니까요."

"그것도 그러네요! 저는 공격마법 몇 가지만 쓸 수 있으니까, 두 분의 다양한 마법을 보고 싶어요!"

"뭐, 뭐어, 저는 잔재주 같은 마법은 선호하지 않으니까 딱 한 마법만 쓸 거지만요. 다양한 마법이 보고 싶다면, 융융에게 부탁해보세요."

그렇게 말한 나는 그제야 깨달았다.

일행 중 한 사람이 아까부터 아무 말도 안 하고 있다는 사실을…….

"융융, 왜 그러죠? 오늘은 참 조용하군요."

내가 말을 건 순간, 융융이 아이리스를 향해 무릎을 꿇었다.

"아무리 몰랐다고 해도 용서해주시길! 이건 전부 메구밍

탓이에요!"

"뜬금없이 뭐하는 거예요?! 그리고 느닷없이 나한테 누명을 씌우지 마라!"

아이리스는 길 한복판에서 무릎을 꿇은 융융을 보더니 허둥댔다.

"고, 고개를 드세요, 융융 씨! 이러지 마세……."

"고귀한 신분일 것 같다고 전부터 생각은 했지만, 왕녀님일 줄은 꿈에도 몰랐어요! 홍마족은 이 일과 상관없어요! 주범은 메구밍이고, 저한테도 조금은 잘못이 있어요! 그러니까 죄를 물을 거라면 메구밍에게 물어주세요! 메구밍만으로 부족하다면, 저도 같이 책임을 질게요!! 그러니까, 그러니까 마을 사람들은 용서해주세요……!"

"이 애가 지금 무슨 소리를 하는 거죠?! 왜 저를 나쁜 사람 취급하는 거냔 말이에요!"

아무래도 지금까지 무례한 태도를 취했던 것을 사죄하고 있는 것 같았다.

그 점을 눈치챈 아이리스는 얼굴을 붉히고 고개를 저었다.

"고개를 드세요. 신분 같은 건 개의치 않으니까, 융융 씨가 예전처럼 저를 대해주셨으면 해요."

"이리스 양…… 아니, 아이리스 님……."

"존칭도 쓸 필요 없어요. 예전처럼 저를 친구로 대해주세요."

융융이 머뭇거리며 고개를 들자 아이리스는 미소를 지었다.

"예전에는 당신에게 반말을 한 카즈마를 무례하다며 그렇게 난리를 쳤으면서, 이제는 꽤 서민적으로 변했군요."

"그, 그때 일은 잊어주세요! 저도 그 일은 아직 신경 쓰고 있단 말이에요!"

아이리스가 새빨개진 얼굴을 두 손으로 가린 가운데, 분노와는 다른 감정 때문에 눈이 빛나고 있는 융융이 무릎에 묻은 흙을 털고 몸을 일으키면서 이렇게 말했다.

"고마워, 아이리스 양. 이런 나라도 계속 친구로 있어달라고 해주다니……. 나, 꼭 고등 변신 마법인 셰이프체인지를 익힐게. 그리고 만약 네가 이 국가를 뒤흔들 만한 음모에 휘말린다면, 네 분신이 되어서 이 목숨으로 너에게 보답하겠어."

"융융도 오버 좀 하지 마요!"

—왕도의 모험가 길드.

그곳은 액셀 마을의 길드와는 상주하는 모험가들의 질부터 명백하게 달랐다.

언뜻 봐도 고급스러워 보이는 장비를 갖춘 모험가들이 실력자 특유의 오라를 뿜으며 길드 안으로 들어선 우리를 주시하고 있었다.

"보세요, 아이리스. 이게 바로 진정한 모험가 길드예요. 계집애 셋이서 이런 곳을 어슬렁거리면 분명 누가 시비를 걸 거예요. 우선 시비를 건 양아치 모험가에게 한 방 제대로 먹여서 남들이 저희를 얕보지 못하게 하죠. 그러면 저희가 범상치 않은 모험가라는 걸 알고, 짭짤한 일거리를 소개해줄 거예요."

"오라버니가 말했던, 클리셰라는 의식이군요! 액셀 마을에서는 호위인 클레어와 레인이 있어서 시비를 거는 사람이 없었지만, 이번에야말로 그 의식을 치를 수 있겠네요!"

우리가 그렇게 속삭이는 사이, 모험가들이 일제히 우리에게서 시선을 돌렸다.

"……저기, 메구밍. 너, 이 길드에서 사고 친 적 있어?"

"어이, 말도 안 되는 소리는 하지 말아주실까!"

모험가들의 시선을 좇아가보니 다들 아이리스를 쳐다보고 있었다.

"아마 이 애 때문일 거예요. 이렇게 선명한 금발벽안을 지닌 건 순수혈통인 상급 귀족뿐이니까요."

아이리스는 그 말을 듣고 화들짝 놀랐다.

"너도 쳐다보는 것 같거든?"

융융이 도끼눈을 뜨고 그렇게 말했지만 나는 짚이는 구석이—.

"두목님은 일전에 왕도의 수많은 모험가들이 보는 앞에서 대활약을 한 적이 있죠? 혹시 그 일 때문 아닐까요……?"

"앗!"

"역시 너 때문이잖아!"

잠깐만 기다려줬으면 한다. 나는 그때 활약을 했지만 두려움의 대상이 되는 건 이상했다.

"그러는 융융도 여기서 좀 떨어진 최전선의 요새에서 저와 함께 날뛰었잖아요. 카즈마의 스킬로 마왕군에게 다가간 후, 제가 폭렬마법을 쓰고 나면 당신의 텔레포트로 탈출—."

"그그그, 그때 나는 서포트 담당이었어! 두려움의 대상이 될 이유는 없거든?!"

그렇다. 마왕군을 상대로 활약을 했을 뿐인데, 이렇게 모험가들이 우리는 피한다는 건 이상했다.

근처에 있는 모험가한테 왜 이러는 건지 물어보려고 한 바로 그때였다—.

"하핫! 여전한걸, 기세 좋은 아가씨! 너희가 두려움의 대상이 된 이유는 따로 있어."

옆에 있는 테이블에 앉아서 대낮부터 가볍게 한잔 하고 있던 코에 상처가 난 거한이 우리에게 말을 걸었다.

그리고 예쁘기는 하지만 눈매가 날카롭고 드세어 보이는 인상의 언니, 도끼를 짊어진 남자가 그 거한의 옆에서 나와 융융을 쳐다보며 히죽거리고 있었다.

"저희를 알지도 못하는 사람이 친근한 척 말 걸지 말아줄래요? 헌팅이라면 딴 데 가서 해요."

"""뭐어?!"""

세 모험가는 내 말을 듣더니 어찌 된 영문인지 깜짝 놀랐다.

바로 그때, 융융이 환한 표정을 지으며 외쳤다.

"렉스 씨! 그리고 소피 씨와 테리 씨!!"

아하, 융융의 지인이구나.

"융융에게 모험가 지인이 있는 줄은 몰랐군요. 쌓인 이야기도 있을 테니, 저와 아이리스는 비켜드릴게요."

"어어어어어이! 잠깐만 있어봐, 아가씨! 너무 쌀쌀맞게 구는 거 아냐?!"

렉스라 불린 남자는 허둥대며 그렇게 외쳤다.

"……예? 아, 일전에 마왕군과 싸울 때에 제 폭렬마법의 여파에 휘말려서 넘어진 바람에 엉엉 울었던 사람인가요? 그때는 정말 죄송했어요. 하지만 전투 중에 일어난 일이니 양해해주세요."

"아냐! 왜 초면인 것처럼 구는 건데?! 우리는 원래 액셀 마을에서 활동하던 모험가라고!! 네가 액셀 마을에 와서 멤버 모집을 하던 즈음에 마을 인근에 악마가 나타났었지? 그때 너와 우리가 힘을 합쳐 그 악마와 싸웠잖아! 그 싸움이 끝난 후에 우리가 너를 동료로 영입하려 했었다고! 함께 왕도에 가서 활약하자고 했던 거 생각 안 나?!"

그런 일이 있었던가.

내가 의아한 표정을 짓자 융융이 팔꿈치로 내 옆구리를

찔렀다.

"너, 진짜로 잊은 거야? 옛날에 호스트라는 악마가 액셀 마을에 나타났던 건 기억해? 그때 저 사람들과 같이 싸웠잖아. 그것 말고도 초보자 킬러를 같이 잡기도 했었어."

……생각났다!

"맞아요! 생각났어! 저기 있는 렉스란 거한은 저를 말뿐인 마도사라며 무시했었죠! 여기서 만난 건 그때 일을 복수하라는 하늘의 계시일 거예요! 자, 어디 덤벼보세요!"

"이야기가 왜 그렇게 되는 건데?! 그때 일은 악마를 쓰러뜨린 후에 사과했잖아! 그런 훈훈한 이야기는 왜 까맣게 잊은 거냐고!"

이런저런 이야기를 나누다 보니 생각났다.

그렇다. 그것은 내가 카즈마 일행과 파티를 짜기 전의 일이다.

이 사람들은 마검의 용사 파티에 버금가는 실력자였다.

"저를 꼭 동료로 삼고 싶다며 애걸복걸했던 렉스 씨군요. 오랜만이에요. 조금은 유명해졌나요?"

"그렇게 집착하지는 않았거든? 뭐, 아무튼 나름 유명해지긴 했어. 너만큼은 아니지만 말이야."

……호오?

"저를 알고 있나요? 뭐, 신문에 제 기사가 실리기도 했으니 당연한 걸지도 모르겠군요! 그런데, 여기서는 저에 대한 어떤 소문이 돌고 있는 거죠?"

"그게 바로 네가 두려움의 대상이 된 이유지. 너, 전에 카즈마라는 젊은 형씨와 둘이서, 인상이 나쁜 사람들을 양아치라 부르며 시비를 건 걸로 모자라 주먹다짐까지 했다면서?"

아, 그런 일도 있었지!

"맞아요! 아이리스와 함께 양아치 세 명에게 시비를 건 적이 있어요! 아하, 모험가들이 저희에게 이런 시선을 보내는 이유를 알겠네요. 궁금증이 풀렸어요."

"역시 네가 원인이잖아!"

예전에 몸이 뒤바뀌는 신기에 의해 아이리스와 카즈마의 몸이 뒤바뀐 적이 있다.

그때 카즈마의 몸에 들어간 아이리스가 인상이 나쁜 양아치에게 시비를 걸었다.

"아, 그때 그 일 때문에 두목님에 대한 나쁜 소문이 퍼진 거군요. 저한테도 책임이 있는 거네요. 찾아가서 사과를 하는 편이 좋을까요……."

아이리스는 난처한 표정을 지으며 그렇게 중얼거렸고 렉스는 입안에 머금고 있던 술을 뿜었다.

"아, 아이리스 님……?"

그렇다. 여기는 왕도다.

나는 아이리스에게 이쪽으로 와보라고 손짓을 한 후 이렇게 말했다.

"아이리스, 이 마을에는 당신의 얼굴을 모르는 사람이 없지 않을까요? 그러니 저만이 아니라 당신도 저들이 두려움에 떠는 원인 중 일부일지도 몰라요……."

소곤소곤 이야기를 나누고 있는 우리를 본 융융이 불쑥 이렇게 말했다.

"……내가 파티를 짜지 못하는 건, 어울려 다니는 사람들에게 문제가 있기 때문인 건 아니겠지……?"

—아이리스를 알아보고 허둥대기 시작한 렉스 일행과 헤어진 우리는 길드 접수처에 있는 남성 직원에게 다가갔다.

"어어어, 어서 오십시오! 어떤 용건으로 저희 길드를 찾으신 건지요?!"

그 오빠는 긴장한 건지 상기된 목소리로 그렇게 말했다.

"이것이야말로 모험! 같은 느낌의 의뢰를 맡고 싶어요. 강적이 있고, 보수가 좋으며, 장소도 여기서 걸어서 갈 수 있는 곳이면 좋겠네요."

"저희 길드에는 그런 퀘스트가 없습니다만……."

이 오빠는 진땀을 흘리면서 난색을 표했다.

"직원 분이 난처해하잖아! 저기, 왕도 인근의 퀘스트라면 뭐라도 괜찮아요. 그리고, 저기……."

대화에 끼어든 융융이 아이리스를 곁눈질하며 말을 이었다.

"가능한 한 안전하고, 되도록이면 더러워질 일이 없는 퀘스트면 좋겠는데……."

"이곳은 모험가 길드라, 안전하고 청결한 일거리는 없습니다만……."

이 오빠가 또 난색을 표하자 아이리스는 눈을 반짝이고 카운터를 향해 몸을 쑥 내밀었다.

"그럼 마왕군 간부가 있는 곳을 알려주세요! 금방 가서 해치워버리고 올게요!"

"아, 안 됩니다! 간부가 진짜로 있든 없든, 그런 장소에 아이리스 님을 보냈다간 제 목이 날아갑니다! 게다가 아이리스 님이라면 진짜로 토벌을 해내실 것 같다는 점도 문제고요!"

이 오빠도 다른 모험가와 마찬가지로 아이리스의 정체를 눈치챈 것 같았다.

여러모로 상상을 초월하는 이 애라면, 소풍 기분으로 마왕군 간부를 해치우고 올지도 모른다.

그냥 이 애가 마왕을 해치워줬으면 좋겠다고 말하는 카즈마의 심정도 이해가 됐다.

"죄송합니다만, 저희 길드에는 아이리스 님에게 걸맞은 의뢰가……."

이 오빠가 고개를 연이어 숙이면서 말을 이으려 하던 바로 그때였다.

"—왜지?! 여기는 모험가 길드이잖아?! 왜 의뢰를 맡아주지 않는 거냐고!"

"그러니까 몇 번이나 말씀드렸다시피, 그런 불확실한 의뢰 내용으로는 맡을 수가 없습니다! 킹 토드 같은 건 들어본 적도 없단 말이에요!"

고개를 돌려보니 옆 카운터에서는 의뢰인으로 보이는 안경을 쓴 아저씨와 접수처 직원 언니가 말다툼을 벌이고 있었다.

"킹 토드는 실제로 있어! 목격담이 거의 없는 건, 그 녀석을 발견한 파티가 하나같이 전멸했기 때문이야! 내 연구에 따르면, 장마철에만 모습을 드러내는 특별한 거대 개구리야. 그 녀석을 토벌하는 건 이 나라를 위한 일이기도……!"

열변을 늘어놓고 있는 저 아저씨는 길드에서 의뢰를 거절당한 것 같았다.

하지만 저 아저씨가 이야기한 내용은 내 흥미를 끌었다.

바로 킹 토드라는 단어가 말이다.

여러모로 개구리와 인연이 있는 나로선 그냥 흘려들을 수 없었다.

나는 여전히 열변을 늘어놓고 있는 그 아저씨에게 걸어가서—.

"저는 지나가던 홍마족인데, 난처한 상황에 처하신 것 같네요. 어떤 의뢰인지는 모르겠지만, 이야기를 들려주지 않겠어요?"

4

"나는 버튼이라고 해. 생물 연구를 생업으로 삼고 있지."

우리는 일단 길드 구석의 테이블에서 이 아저씨의 이야기를 들어보기로 했다.

생물학자를 자처하는 이 버튼이란 아저씨는 왕도에서도 괴짜로 널리 알려진 사람 같았다.

"그렇군요. 생물…… 주로 마물을 연구하며, 약점 등을 조사하고 있는 거죠? 딱히 괴짜는 아니네요. 오히려 나라의 지원을 받아야 마땅할 것 같네요."

내가 마물 연구라는 말을 듣고 그런 감상을 말했더니 버튼은 뚱딴지같은 표정을 지었다.

"응? 마물의 약점 같은 건 조사하지 않아. 내가 연구하는 건 다른 거지. 예를 들자면, 양배추는 왜 하늘을 나는가. 수많은 생선 중에서 왜 꽁치만 밭에서 자라는가. 나는 다들 느끼고 있을 그런 의문을 해명하려는 거야."

"어린애들도 아는 그런 상식에 의문을 품는 사람은 없을 것 같은데요."

"어……. 나, 나는 좀 궁금하긴 해……."

홍마족인데도 상식과 담을 쌓은 괴짜인 융융이 흥미를 느낀 건지 그렇게 말했다.

그리고 아이리스도 마찬가지인 것 같았다.

"양배추는 왜 하늘을 나는 건가요?"

"그건 몰라. 기합인지, 근성인지, 마법의 힘인지, 혹은 날고 싶다는 마음 때문에 나는 거 아닐까? 아무튼, 그것보다……."

그런 어이없는 대답을 들은 아이리스가 울먹거리면서 버튼을 노려보는 가운데, 그는 말을 이었다.

"이 세상에는 눈의 정령이라는 게 있어. 그 몬스터를 토벌하면, 봄이 일찍 찾아온다고 하지. 그리고 내가 찾는 킹 토드를 토벌하면, 장마가 끝난다고 해."

아이리스는 아까 질문을 던졌다가 본전도 찾지 못했으면서 여전히 호기심을 느끼고 있는 것 같았다.

"버튼 님은 어떤 고찰을 통해 그런 결론에 도달한 건가요?"

아이리스가 흥미에 찬 어조로 그렇게 묻자 버튼은 미간을 찌푸리고 이렇게 말했다.

"나한테 질문을 할 거면, 교수님이라고 부르도록."

"교, 교수님. 왜 장마가 끝날 거라는 결론에 도달한 거죠……?"

"그런 걸 내가 어떻게 알아. 이 계절에는 개구리 소리 때문에 시끄럽잖아? 그게 그 녀석들이 비를 부르는 소리라고 생각했을 뿐이야. 이, 이러지 마. 의뢰인한테 무슨 짓을 하는 거야?!"

아이리스는 버튼이 쓰고 있는 안경을 잡아채려고 했고 그는 허둥대며 그렇게 외쳤다.

방금까지 아무 말 없이 이야기를 듣고 있던 융융이 고개를 갸웃거렸다.

"그럼 버튼 씨는 자신의 가설이 옳다는 걸 증명하기 위해, 킹 토드의 토벌을 의뢰하고 싶은 거죠?"

"아냐. 나는 이 찝찝한 장마철이 딱 질색이거든. 가설 같은 건 아무래도 좋으니까, 빨리 이 비가 그쳤으면 해."

"홍마의 마을에 가면 날씨를 조종하는 마법을 쓸 수 있는 사람이 있으니까, 그쪽으로 알아보는 게 좋을 것 같은데요……."

내가 태클을 날리자 버튼은 검지로 안경을 고쳐 쓰고 말했다.

"홍마의 마을이 여기서 얼마나 떨어진 곳에 있는지 알기나 해? 실은 이렇게 길드에 의뢰를 하러온 건 다 이유가 있어. 내일도 비가 오면 곤란하다고."

아이리스는 그 말을 듣더니 아까 그런 취급을 당했으면서 또 질문을 던졌다.

"……그렇게 중요한 이유가 있는 건가요? 중요한 일 때문에 이러시는 거라면, 저희가 의뢰를 맡아드릴 수도……."

"전부터 몇 번이나 꼬시려고 했던 술집의 바베라가 내일 날씨가 맑다면 데이트를 해주겠다고……. 어, 어이! 이 애가 아까부터 뭐하는 거야?!"

아이리스는 버튼의 안경을 깨려고 했고 버튼은 의자를 박차며 뒤로 물러섰다.

의뢰인인 이 아저씨는 길드 안에 있는 이들 중에서 유일하게 아이리스의 정체를 눈치채지 못한 것 같았다.

"우리 집에 사는 아쿠시즈 교단의 아크 프리스트가 아까 테루테루뭐시기인가 하는 비를 그치게 하는 인형을 만들었으니까, 내일은 맑을 거예요. 관찰용 버섯이 없어지니, 장마 기간에 집에 틀어박혀 지내는 데도 질렸나 보더라고요."

"거 되게 수상쩍은 미신이네."

아쿠아는 평소 매사에 대충이지만 내일 날씨 같은 건 유독 잘 맞췄다.

"버튼 님이 아까부터 하고 있는 말도 전부 수상쩍거든요?!"

아이리스가 태클을 날리자 버튼은 안경을 고쳐 쓰고 버럭 고함을 질렀다.

"이 계집애는 대체 뭐야?! 나는 꼬맹이가 딱 질색이라고! 내가 무슨 가설을 세우기만 하면 왜? 왜? 하며 질문 공세를 해대거든!"

"버튼 님이야말로 왜 이렇게 근거 없는 소리만 늘어놓는 거죠? 킹 토드를 토벌하면 비가 그친다는 명확한 이유를 가르쳐 주세요!”

“감이야, 감! 생물학자로서 오랫동안 쌓아온 감이 내 근거라고!”

버튼은 그런 애매모호하기 그지없는 이유를 댔고 옆에 있던 융융이 이렇게 말했다.

“저기, 메구밍. 나, 불길한 예감이 들어. 이 아저씨는 인간 말종이야. 그냥 좀 더 무난한 의뢰를 맡는 게 어떨까?”

“그럼 저들은 어떻게 할 건데요?”

내가 그렇게 말하며 손가락으로 가리킨 건—.

“알았어요! 그럼 그 킹 토드를 토벌해 드리겠어요! 그리고 내일 비가 그친다면, 당신이 옳았다는 걸 인정하죠!”

“어린애한테 인정 못 받아도 나는 개의치 않아.”

“아까부터 마음에 안 드는 소리만 늘어놓는군요! 정말 화나요!!”

아이리스는 이렇게 무시를 당한 건 처음인지, 불같이 화를 내면서도 멋대로 이 의뢰를 맡았다.

5

융융의 예감은 들어맞았다.

“저길 봐! 저길 보라고, 메구밍 군! 이 알라우네라는 식물형 몬스터는 이렇게 사냥감을 덩굴로 꽁꽁 묶은 후, 종자를 심은 후에 풀어주지! 이동을 할 수 없는 식물형 몬스터가 번영을 하기 위해 이룩한 진화이자 지혜야!"

"아아아아앗! 버튼 씨이이이이이이잇! 등! 당신 등에 씨앗이 심어졌다고요!"

왕도에서 조금 떨어진 곳에 있는 숲속.

꽃봉오리의 중앙에 자라난 소녀의 모습을 한 몬스터, 알라우네에게 습격을 당한 버튼은—.

"진정해, 융융 군! 알라우네는 위험한 몬스터가 아냐. 사냥감에게 종자를 심는 동안, 그 상대를 안심시키기 위해 이렇게 웃고 있지."

"아하하하하하하! 아하하하하하하하!"

"전혀 안심이 안 되는 데다, 웃음소리가 무시무시하다고요~!"

버튼은 덩굴에 꽁꽁 묶인 채 즐거운 어조로 알라우네의 생태에 관해 설명했다.

"씨앗이 심어진 생물은 몸에 문제가 생기지 않고, 영양 만점인 수액이 주입된 덕분에 매우 활동적으로 변한다더군. 몸에 심어진 씨앗도 사람의 몸을 못자리로 삼는 게 아니라, 배설물과 함께 몸 밖으로 배출돼. 가능한 한 먼 곳에 씨앗을 옮기는 것과 위험한 생물로 인식되는 걸 피하기 위해 그러는 걸 테지! 그러니 다들 그 흉흉한 것들은 집어넣도록! 아하하하하하! 아하하하하하!"

"버튼 씨, 뭔가가 주입되고 있다고요오오오오오!"
"두목님, 어떻게 하죠? 이대로 있다간 버튼 님이……!"
덩굴을 자르기 위해 단검을 꺼내든 융융이 고함을 질렀고, 검을 뽑아든 아이리스가 허둥대면서 내 지시를 기다렸다.
"버튼 씨는 왠지 행복해 보이니까, 그냥 이대로 둬도 괜찮지 않을까요?"
"의뢰인이 기생당하는 걸 그냥 두고 볼 수는 없어! 버튼 씨, 덩굴을 자를 테니까, 빨리 이쪽으로 오세요!"
구조된 버튼은 얼굴이 벌게진 채 비틀거리면서 빠르게 말을 늘어놓았다.
"참고로 그 유명한 안락 소녀는 알라우네의 파생형 몬스터로 추정되지. 이런 식물형 몬스터가 소녀 모습을 하고 있는 건, 인간의 경계심을 풀고 양심을 자극해서 공격을 받지 않으려는 지혜의 결과물일 거야! 아하하하하하! 알라우네, 최고! 알라우네, 최고!"
"이 아저씨는 완전히 맛이 간 것 같네요. 여기서 행복하게 살게 두죠."
"바보 같은 소리 하지 말고, 빨리 돕기나 해애애애애애!"
숲에 들어서자마자 바로 이런 일이 벌어졌다.
융융에 이어 나도 불길한 예감에 사로잡혔다.

―그 예감이 적중한 건지, 버튼의 기행은 그 후로도 계속

됐다.

"그대로 있어! 아이리스 군, 그대로 있으라고!"

"무슨 소리를 하는 거예요?! 아이리스 양, 이 아저씨 말은 무시해! 인정사정 봐주지 말고 확 해치워버려도 돼!"

우리 눈앞에서는 아이리스와 초보자 킬러가 대치하고 있었다.

아무래도 이 초보자 킬러는 적의 실력을 간파하는 능력이 탁월한 것 같았다.

아이리스를 본 초보자 킬러는 뱀과 마주친 개구리처럼 딱딱하게 굳어버렸다.

"하, 하지만 융융 씨. 겁먹은 이 애가 왠지 불쌍해 보여요……."

"아이리스 군, 잠시만 가만히 있어! 초보자 킬러를 거의 다 그렸어!"

"버튼 씨는 아이리스 양의 정체를 진짜로 모르는 거야?! 메구밍, 네가 어떻게 좀 해봐……!"

버튼을 지키고 있던 융융이 호소하듯 그렇게 말했다.

"초보자 킬러는 참 멋지네요. 저도 좋아해요. 참, 버튼 씨는 알고 있나요? 초보자 킬러 중에는 구기자 열매를 좋아하는 초식 타입도 있어요."

"그거 흥미로운 이야기인걸! 나중에 초보자 킬러 토크를……."

“『라이트 오브 세이버』!!!!!”

인내심이 바닥난 융융이 마법으로 위협해서 초보자 킬러를 쫓아냈다.

—그 후로도 계속 나아간 우리는 차례차례 마물들에게 세례를 받았다.

“아이리스 군, 나는 너를 오해했던 것 같아. 부모님에게 어리광이나 부리며 살아온 세상물정 모르는 꼬마 아가씨인 줄 알았는데, 정말 대단한걸. 앞으로도 전속으로 내 의뢰를 맡아주지 않겠어? 괜찮다면 우리 집에서 같이 살며 조수로 일하는 건 어때?”

버튼은 어린 꼬마에게 보호를 받으면서 그런 바보 같은 소리를 늘어놓았다.

“고마워요! 만약 제가 길바닥에 나앉게 된다면, 그때는 잘 부탁드릴게요!”

비싸 보이는 검을 인정사정없이 휘두르며 거목 타입의 몬스터인 엘더 트렌트를 벌채하던 아이리스는, 버튼보다 더 바보 같은 소리를 입에 담았다.

이 애가 길바닥에 나앉게 된다면 그 전에 이 나라가 멸망할 것이다.

“저기, 메구밍. 이 아저씨를 사고로 위장해서 토벌해버려도, 클레어 씨에게 방금 발언을 알려주면 무죄로 처리해주지 않을까? 나쁜 어른으로부터 지켜주는 것도 친구의 중요한 역할이라고 생각하거든."

"당신도 진지한 표정으로 무시무시한 소리 좀 하지 마세요. ……그리고 클레어 씨는 자초지종을 알기만 해도 버튼 씨를 처형해버릴 거예요."

우리가 소곤소곤 그런 이야기를 나누는 사이, 버튼과 아이리스는 벌채된 트렌트 앞에서 즐겁게 이야기를 나누고 있었다.

"좋아! 미래의 조수 후보에게 생물학을 가르치도록 할까! 엘더 트렌트의 나뭇가지는 불을 뗄 때 쓰면 참 좋지. 이걸로 물을 끓여서 홍차를 타면, 이상하게도 기분이 참 좋아지거든. 그러니 챙겨서 집에 가져가도록 해."

"그렇게 좋은 걸 가르쳐주셔서 감사해요! 이걸 클레어와 레인에게 선물해야겠어요."

융융은 그 말을 듣자마자 버튼을 두들겨 패려고 했다.

―이윽고 숲속 깊은 곳에 있는 늪에 도착한 우리는…….

"융융 군, 스케알로사우르스에게는 빙결 마법을 써!"

"비, 빙결 마법이라고요?! 알았어요! 처음으로 제대로 된 조언을 받았네요! 저한테 맡겨 주세요! 『프리즈 거스트』!!!!"

융융이 그렇게 외친 순간, 소만한 몸집을 지닌 파충류, 스케알로사우르스가 새하얀 서리에 뒤덮였다.

그리고—!

“버튼 씨, 멀쩡하거든요?!”

마법을 맞은 몬스터는 더욱 기운이 난 것처럼 새된 울음소리를 냈다.

“그래, 스케알로사우르스에게는 빙결 마법이 통하지 않지! 그것보다, 빙결 마법을 맞은 스케알로사우르스의 비늘이 파란색으로 변색되는 모습을 잘 봐! 방금 맞은 마법을 흡수해서 자신의 힘으로 한창 만들고 있는 중인 거지! 자, 매우 선명하고 아름답지 않아?!”

“대단해요, 버튼 님! 정말 아름다운 푸른색이에요!”

“버튼 씨는 바보죠?! 제발 부탁이니까 방해는 하지 말라고요! 아이리스 양도 칭찬하지 마!”

바보라고 불린 버튼이 안경을 고쳐 쓰고 따지듯 말했다.

“감히 생물학자를 바보라고 불러?! 잘 들어. 비늘의 색깔이 바뀌었을 때 토벌하면, 변색된 색깔이 유지되지. 이 상태의 비늘은 소재의 매입 단가가 곱절 이상으로 껑충…….”

“버튼 교수님, 그런 지식은 더 없나요? 원하신다면 이 의뢰 동안은 오빠라고 불러줄 수도 있어요.”

“메구밍, 무슨 소리를 하는 거야?! 요즘은 딱히 돈이 궁하지는 않잖아?!”

융융이 나에게 태클을 날리면서 마법을 영창했다.

바로 그때였다.

버튼을 호위하고 있던 아이리스가 갑자기 주위를 둘러보더니—.

"여러분, 동물과 마물의 소리가 멎었어요. 뭔가가 다가오는 것 같아요."

듣고 보니 어느새 주위의 소리가 잦아들었다.

스케알로사우르스를 보고도 전혀 경계심을 품지 않았던 아이리스가 오늘 들어 처음으로 진지한 표정을 지으며 주위를 경계했다.

바로 그 순간이었다.

눈앞에 있던 스케알로사우르스가 낮은 비명소리를 남기고 사라졌다.

이윽고 주위의 경치가 순식간에 변했다.

그것이 몸을 일으켰기 때문이다.

"나타났구나! 저놈이다!"

우리가 자연의 일부라고 생각한 이끼는 바로 저 녀석의 몸에 나있었다.

아마 몸을 숨기기 위해 그런 식으로 진화한 것은 아니리라.

대량의 이끼가 온몸을 뒤덮을 정도로 이 생물은 오랫동안 이 늪에서 살아온 것이다.

"말도 안 돼! 자이언트 토드의 상위종 정도일 줄 알았는데, 이건 거물 현상금 몬스터급이잖아!"

생물학자를 자처하는 괴짜가 멋대로 킹 토드라는 이름을

붙인 이 거대한 개구리는…….

"제가 앞으로 나설 테니까, 뒤편에서 마법으로 엄호해주세요!"

내가 사는 저택에 필적할 만큼 거대한 몸집을 지닌 킹 토드가 입가에 스케알로사우르스의 꼬리를 문 채 아이리스를 내려다보고 있었다.

"이렇게 거대할 줄이야! 크으, 생물학자로서 한 번 정도는 삼켜지고 싶다는 생각도 했지만, 그랬다간 죽고 말겠지! 단념해야 하는 건가?! 하지만……!"

"지금은 상당한 위기 상황이니까, 우리 파티의 크루세이더 같은 소리 하지 말고 물러나 있어요! 아이리스, 밟히지 않도록 조심하세요! 융융은 빙결 계열 마법을 써요! 개구리는 냉기에 약하니까요!"

고민에 잠긴 버튼을 밀쳐낸 나는 두 사람에게 지시를 내렸다.

"저기, 진짜로 냉기에 약한 거야?! 아까 버튼 씨에게 속았더니 그 말이 영 믿음이 안 가!"

"글쎄? 같은 늪에 살고 있던 스케알로사우르스는 냉기에 강했지. 그렇다면 킹 토드는 어떨까? 힌트를 듣고 싶으면, 나를 버튼 교수님이라고……."

"생물학자인 버튼 교수님에게 홍마족의 생태를 알려드리죠. 저희는 다들 성미가 급하고, 공격적이며, 인정사정없어요."

“킹 토드는 얼음에 약해! 빙결 마법을 맞으면 움직임이 둔해지지! 그리고 전격 계열 마법도 효과적일 거다!”

버튼이 내 협박을 듣고 힌트를 늘어놓는 가운데, 융융이 마법을 영창하려고—.

“『엑스테리온』!”

—한, 바로 그때였다.

킹 토드가 재빠르게 혀를 내민 순간, 아이리스가 카운터를 날리듯 검을 내리그었다.

굉음을 내며 뿜어져 나간 충격파가 개구리의 혀를 잘랐지만—!

“킹 토드는 재생력이 엄청나! 웬만한 상처는 금방 아물고 말지! 이건 재작년에 발매된 『버튼 교수의 녹조류도 이해하는 생물학』에 실려 있으니, 모험가 여러분은 꼭 구입…….”

“선전이나 할 때가 아니잖아요! 아이리스! 저기, 더 엄청난 녀석은 못 쓰나요?! 드래곤을 해치웠던 그 기술 말이에요! 지금이 바로 그 기술의 봉인을 풀 순간이에요!”

내가 그렇게 말하자 아이리스는 난처한 표정을 짓고 이렇게 말했다.

“죄송해요. 그건 베르제르그 왕가에 선조 대대로 전해져 내려오는 신기(神器)인 성검으로만 쓸 수 있는 기술이에요…….”

"왜 하필 오늘은 그 성검을 가지고 오지 않은 거죠?! 항상 가지고 다녀야 할 거 아니에요!"

"그, 그게……! 대대로 전해져 내려온 성검이라 자루 부분에서 냄새가 난단 말이에요!"

"지금은 그런 소리나 늘어놓을 때가 아니란 말이야아아아!"

융융의 비명을 듣고 개구리를 향해 고개를 돌려보니, 방금 잘려나갔던 혀가 점점 재생되고 있었다……!

"융융, 일시적으로 후퇴하죠! 텔레포트를 준비해주세요! 저건 커도 너무 커요! 오늘은 일단 퇴각하도록 해요!"

"아아, 알았어!"

"『엑스테리온』! 『엑스테리온』!"

융융이 텔레포트를 준비하는 사이, 아이리스는 시간을 벌기 위해 견제 삼아 연달아 아까와 같은 기술을 사용했다.

눈에 보이지 않는 날카로운 충격파가 저 개구리의 몸을 찢었지만 킹 토드는 고통을 느끼지 않는 건지, 혹은 몸이 거대한 만큼 고통에도 둔감한 건지 끄떡도 하지 않았다.

그런 킹 토드가 어느새 재생을 마친 혀를 날름거리더니—.

"자, 잠깐만 있어봐! 지금 물러서면 오늘 안에 토벌 못 하는 거 아냐?!"

이 남자는 진짜……!

"지금은 그런 걸 신경 쓸 때가 아니잖아요! 이대로 있다간 저희 모두 잡아먹히고 말 거예요!"

"하지만 모처럼 바베라와 약속을 했는데……!"

"술집 언니와 자기 목숨 중에 뭐가 더 소중한지 생각해봐요! 그리고 그 바베라란 사람은 다른 손님한테도 비슷한 소리를 했을 거라고요!"

이런 이상한 아저씨가 술집 언니에게 봉으로 삼아지는 건 내가 알 바 아니지만, 이대로 있다간 아이리스한테 만일의 사태가 벌어질지도 모른다.

개구리에게 당할 거라고는 생각하지 않아도 공주님이 점액 범벅이 되어서 왕성에 돌아갔다간 우리가 사형을 당할지도 모른다.

그런 어이없는 이유로 죽을 수 없다고 생각한 내가 융융이 마법의 영창을 마치기만 이제나저제나 기다리고 있을 때—!

"그래……. 뭐, 길드에서 받아주지 않았던 의뢰를 받아줬을 뿐만 아니라, 여기까지 같이 와준 너희한테는 정말 고마워. 그리고 킹 토드가 이렇게 엄청날 줄은 몰랐어. 이런 걸 간단히 해치우는 건 무리지……."

방금까지 제멋대로 굴던 버튼이 풀이 죽은 것이 왜 이렇게 신경 쓰이는 건지…….

"버튼 님은 그분이 그렇게 소중한 건가요?"

아이리스는 검을 거머쥔 채 버튼을 힐끔 쳐다보고 물었다.

"응. 내가 쭉 꼬시려고 했던 사람이야. 어릴 적부터 알고 지낸 소꿉친구인데, 부모님이 빚을 지며 운영하던 술집을 물려받아서 열심히 운영하고 있는 누나지. 다른 손님들과는 얼마든지 데이트를 해주고 돈을 뜯어내지만, 내가 데이트를 하자고 하면 한사코 거절하는 고집쟁이야."

……하아, 이제 다 틀렸다.

"그녀가 내 데이트 신청을 거절하는 이유라면 알고 있어. 아마 어릴 적부터 알고 지낸 나를 동생으로만 여기는 거야. 그러니까, 매년 비가 그친 적이 없는 이 시기에, 만약 내일 날씨가 맑으면 데이트를 해주겠다는 소리를 한 거지……. 그래도 혹시나 하는 마음에 이런 짓을 벌일 만큼, 나는 그녀를……."

이런 이야기를 들은 이상, 해보는 수밖에 없다.

"융융은 텔레포트 영창을 마친 것 같군요. 그럼 그대로 대기해주세요. 아이리스는 제 곁으로 오세요. 지금부터 마법을 날릴 거니까, 그동안 저를 지켜주세요."

"잠깐만 있어봐! 저 개구리에게 폭렬마법을 썼다간……!"

그렇다. 내가 저런 거물과 마주쳤는데도 폭렬마법을 쓰지 않는 이유가 있다.

"두목님, 저는 괜찮아요. 사방으로 튄 점액을 뒤집어쓰더라도, 클레어에게는 제가 잘 말해볼게요."

이제부터 일어날 일을 예상한 아이리스는 미소를 짓고 그렇게 말했다.

"좋아요! 저희의 첫 모험은 다 함께 개구리 점액 범벅이 되는 거예요! 그러고 보니 제가 카즈마 일행과 파티를 맺고 처음 했던 모험 때도 점액 범벅이 됐죠! 후딱 이 녀석을 해치우고, 다 같이 목욕이나 해요!"

"목욕은 좋지만, 우리 몸매와 자기 몸매를 비교하며 기분 나빠 하지는 마……. 아얏! 돌을 던지지 말고 빨리 마법이나 영창해!"

융융이 언제든 텔레포트로 도망칠 준비를 마친 후 그렇게 말했다.

"저 킹 토드를 해치울 수 있는 거야……?"

얼이 나간 듯한 목소리로 버튼이 그렇게 중얼거렸고 나는 마법 영창으로 답했다.

그 사이, 아이리스를 혀로 몇 번 공격한 킹 토드는 이대로는 혀가 잘려나갈 뿐이라는 것을 학습한 건지 힘을 모으는 것처럼 몸을 웅크렸다.

폭렬마법의 영창을 마친 나는 버튼을 향해 쓴웃음을 짓고 말했다.

"오늘 여러 생물에 대해 알려주신 버튼 씨에게, 저희가 여자의 마음을 알려주겠어요. 바베라 씨가 당신의 데이트 신청만 거절한 건……."

킹 토드가 내 말을 방해하려는 듯이 거대한 몸으로 우리를 짓누르려 했고—.

“『익스플로전』!!!!!!”

6

“다녀왔습니다~.”

“아, 어서와~.”

내가 저택에 들어가자 소파에 드러누워 있던 카즈마가 나를 맞이했다.

그 옆에서는 아쿠아가 엉엉 울면서 카즈마의 등을 때리고 있었다.

“오늘은 꽤 늦게 돌아왔네. 무슨 일 있었어? 아쿠아처럼 이상한 짓을 한 건 아니지?”

“사과해! 테루테루메구밍한테 사과해!”

어이.

“잠깐만요. 방금 그냥 흘려들을 수 없는 단어가 들린 것 같은데요. 게다가 사과를 하라는 건 무슨 소리죠?”

“메구밍, 내 말 좀 들어봐! 이 눅눅 백수가 테루테루메구밍을 춈스케에게 장난감 삼으라고 줬어! 그 바람에 테루밍이 춈스케에게 물어 뜯겨서 무참한 모습이……!”

"눅눅 백수라고 부르지 마. 왠지 버섯이 내 몸에 자라날 것 같다고. 이 녀석이 메구밍을 쏙 빼닮은 테루테루보즈[#2]를 만들었거든? 하지만 내일 날씨가 맑으면 곤란하잖아?"

이 남자는 정말……!

"내일 아침에 날씨가 맑으면 같이 모험을 해주겠다는 말은 대체 뭐였던 거죠?!"

"알았어! 내가 잘못했다고! 그러고 보니 너는 모험을 하러 갔던 거 아니었어? 몸에서 좋은 향기가 나네. 혹시 목욕이라도 하고 온 거야?"

소파에 앉은 다크니스가 아쿠아의 부탁으로 꿰매고 있는 것이 바로 테루밍일 것이다.

나는 그런 다크니스와 아쿠아를 곁눈질하면서 말했다.

"물론 카즈마가 부러워하고도 남을 대모험을 하고 왔어요. 목욕을 한 건, 그러니까, 증거인멸을 위해서 였다고 할까요……."

내가 말끝을 흐리자—.

"흐음? 어차피 비 때문에 밖에 못 나가서 한가하니까, 네 이야기나 좀 들어봐야겠네. 어이, 아쿠아. 내가 잘못했으니까 기분 풀어. 숨겨뒀던 술을 가지고 올 테니, 메구밍의 이야기를 안주 삼아 한 잔 하자고."

"네가 장롱 안에 숨겨뒀던 술이라면 이제 없어. 어제 발견

#2 테루테루보즈(てるてる坊主) 날이 맑아지기를 기원하며 처마 끝에 매다는 종이인형.

해서 전부 마셔버렸거든요!"

…………….

내가 드잡이를 시작한 두 사람을 쳐다보고 있을 때, 바늘에 손가락을 찔린 다크니스가 아쉬운 표정으로 피 한 방울 나지 않는 손가락을 응시하고 이렇게 말했다.

"메구밍의 모험담이라면 나도 듣고 싶구나. 요즘은 액셀의 호수에서 일과를 하고 있었던 것 같은데, 오늘은 더 먼 곳에 다녀온 것이냐?"

그렇게 말한 다크니스는 비오는 날의 평온한 분위기를 즐기듯 상냥한 미소를 지었다.

"좋아요. 이야기가 꽤 기니까, 저녁 식사 때 들려줄게요. 다양한 몬스터를 해치우고, 마지막에는 오랫동안 결실을 맺지 못한 사랑이 이뤄지도록 도운 이야기죠. 하지만 그 이야기를 하기 전에 아쿠아에게 부탁이 있어요."

나는 내 말을 듣고 싸움을 중단한 두 사람을 향해 미소를 지으면서 이렇게 말했다.

"테루테루아쿠아와 테루테루카즈마, 테루테루다크니스도 만들어주지 않겠어요? 내일은 날씨가 꼭 맑았으면 하거든요."

제2화
아르칸레티아에 번개를!(전편)

1

액셀에서 가장 고급스러운 저택의 발코니.

마을을 내려다볼 수 있는 그 장소에 놓인 의자에 앉은 금발 미녀가 중얼거렸다.

"서민들은 참 고생이 많아……. 아침부터 저녁까지 악착같이 일해야 하잖아……."

"예, 아가씨!"

그 말에 답한 이는 메이드 복장을 한 금발 소녀였다.

금발 미녀는 신문을 펼치더니—.

"……후훗, 예전에는 고블린 상대로도 고전을 하던 그가 신문의 1면을 장식하다니, 꽤 성장했는걸……."

"예, 아가씨!"

신문을 훑어본 그 미녀는 테이블에 그것을 던져놓고 술잔을 들었다.

그 잔에 담긴 비싸 보이는 와인을 향해 코를 내밀더니 잠시 동안 향기를 즐겼다.

그리고 메이드가 부쳐주는 바람을 쐬면서 느긋하게 잔을 기울였다.

"콜록! 콜록, 콜록!"

"아가씨, 괜찮으신가요?!"

와인에 익숙하지 않은 건지, 금발 미녀는 콜록거렸다.

그것보다—.

"언니, 이건 또 무슨 놀이예요?"

"어머! 잘 왔어, 메구밍 양! 저기, 메구밍 양도 메이드복을 입어보지 않을래? 분명 잘 어울릴 거야!"

와인을 한손에 든 채 웃고 있는 이는 아쿠시즈교의 프리스트인 세실리였다.

그리고—.

"어서 오세요, 두목님! 세실리 아가씨께서, 상류층 아가씨 놀이가 하고 싶다며 저한테 메이드를 맡아달라고 부탁하셨답니다."

세실리에게 부채질을 하면서 그렇게 말한 이는 바로 메이드복을 입은 아이리스였다.

상류층 아가씨 놀이라는 말을 들으니 우리 집 백수들이 하던 상류층 놀이가 생각났다.

내 주위에는 왜 하나같이 이런 인간들뿐인 걸까.

"……언니. 이 애의 지금 모습을 이 나라의 높으신 분들이 본다면, 물리적으로 언니의 목이 날아가고 말 거예요."

"아쿠시즈 교도는 권위 같은 걸 신경 쓰지 않거든. 그래도 이리스 양? 이 일은 세실리 언니야~와의 비밀로 해줄래?"

"예, 아가씨!"

평소 시중을 받기만 하던 아이리스는 메이드로서 남의 시중을 드는 게 재미있는 것 같았다.

"그런데 진짜로 뭘 하고 있는 거죠? 언니는 아쿠시즈 교단의 액셀 지부장이죠? 지부장은 원래 이렇게 한가한가요?"

"메구밍 양, 무슨 소리를 하는 거야? 할 일이라면 산더미처럼 있거든? 그저 그걸 전부 내팽개치고 미소녀와 놀고 있었을 뿐이야."

"그게 더 나쁘거든요?!"

—장마철인데도 불구하고 최근 들어 매일같이 날씨가 화창했다.

이것이 일전에 우리가 한 모험의 성과라면 정말 기쁠 것이다. 그건 그렇고, 의뢰인이었던 버튼 씨는 무사히 마음에 둔 여성과 데이트를 했을까?

그렇다면, 최선을 다한 보람도 있을 텐데…….

"제가 이런 말을 하는 것도 좀 그렇지만, 두목님은 무슨 일로 여기에 오신 거죠? 또 모험을 할 건가요?"

"예. 뭐, 날씨도 맑으니까 융융과 함께 퀘스트라도 맡을까 했는데……. 그 애가 웬일로 길드에 없지 뭐예요. 그래서 혹시 여기 있나 싶어 와본 거예요. ……그런데, 이리스야말로 왜 여기 있는 거죠? 마을 간의 이동은 텔레포트 가게를 이용하면 되겠지만, 어떻게 성에서 빠져나온 거예요?"

아이리스는 아무렇지 않은 듯이 이곳에 와 있는데 대체 어떻게 성에서 빠져나온 걸까.

"이건 유사시에만 사용하게 되어 있는, 왕족만 아는 비밀 통로……."

"알았어요. 알았으니까, 더는 아무 말도 하지 마세요. 자세한 이야기를 들었다간 제 목이 달아날지도 모른다고요!"

나는 다급하게 아이리스의 말을 막았고 세실리가 고개를 갸웃거렸다.

"성이라든가, 왕족이라는 단어가 신경 쓰이지만, 이 언니로서는 더 신경 쓰이는 말을 방금 들었어. 저기, 모험을 떠날 거야?"

"예. 언니도 같이 갈래요?"

이 자리에는 아크 위저드인 나, 그리고 만능형인 아이리스가 있다.

거기에 프리스트인 세실리가 가담해준다면 꽤 괜찮은 파티가 갖춰질 것 같은데…….

"실은 말이지? 이 언니는 메구밍 양에게 꼭 부탁하고 싶은 게 있는데……."

"저기, 괜히 몸을 배배 꼬지 않는다면 이야기 정도는 들어줄 수도 있거든요?"

2

"—뭔가 적당한 퀘스트는 없나요? 전위 한 명과 후위 한 명이서 해낼 수 있는 걸로요."

"……하아. 있기는 합니다만……."

"메구밍 양, 부탁이야! 이 언니를 버리지 마아아아아아아아!"

모험가 길드에 온 나와 아이리스는 적당한 퀘스트가 없는지 물어보았다.

"이리스, 이건 어떨까요? 밭에서 번식한 아다만마이마이 퇴치 작업이에요. 아다만마이마이는 웬만한 공격을 다 튕겨내지만, 저와 당신의 공격력이라면 문제될 게 없겠죠. 움직임도 둔하고 반격도 안 하는 생물이니까, 공격력만 충분하다면 간단히 이길 수 있어요."

"아, 예. 하지만, 저기, 두목님……."

"우에에에에엥! 이 언니는 메구밍 양이 악마와 싸우러갈 때, 아주 쬐끔 도와줬잖아아아아아아!"

어이쿠, 이 퀘스트를 못 보고 지나칠 뻔 했네.

"저기, 이 블러디 모몬가 토벌 의뢰를 맡고 싶어요. 옛날에 이 모몬가가 저한테 오줌을 뿌린 적이 있거든요."

"아, 알았어요. 그럼 이 의뢰를……."

"인간 말조오오오오오오오오오옹!"

"아까부터 거 되게 시끄럽네요! 남들이 쳐다보니까 입 좀 다물어요!"

내 허리를 끌어안고 엉엉 우는 세실리한테 두 손 두 발 다 든 나는, 어쩔 수 없이 그녀에게 자세한 이야기를 들어보기로 했다.

세실리의 부탁 자체는 별것 아니었다.

하지만 매우 큰 문제가—.

"이 언니와 함께 아르칸레티아에 가서, 정체불명의 슬라임을 토벌해줬으면 해."

"…………행선지가 아르칸레티아만 아니라면 두말 않고 승낙했을 텐데 말이죠……."

그렇다. 의뢰 장소가 문제다.

"두목님, 아르칸레티아는 어떤 장소인가요?"

"변태 소굴이에요."

"무슨 소리를 하는 거야?! 아무리 메구밍 양이라도 그런 소리 하면 못 써!"

내가 단적으로 설명하자 세실리가 테이블을 내려쳤다.

"그럼 언니가 아르칸레티아를 설명해주세요."

"좋아. 그럼 순진무구하고 아무것도 모르는 이리스 양에게, 이 언니가 이것저것 가르쳐줄게."

왜 이 사람은 매번 이런 식으로 말을 하는 걸까.

"아르칸레티아는 여신 아쿠아를 숭배하는 아쿠시즈 교단의 총본산이야. 그리고 물과 온천의 도시였던 것은 옛날이야기지. 지금은 온천 대신 성수가 샘솟는, 신에게 축복받은 성지야!"

"온천 대신 성수가 샘솟는다고요? 그거 대단하네요! 그럼 그곳에 사는 사람들은 하나같이 마음이 깨끗한 사람들이겠어요!"

아이리스는 눈을 반짝이며 그렇게 말했고 세실리는 고개를 돌렸다.

"언니, 빨리 설명을 계속하세요. 이리스가 기다리고 있잖아요."

"아, 알았어. 성수란 것은 언데드에게 절대적인 효과가 있을 뿐만 아니라, 무기에 뿌리며 제련을 하면 무기의 질이 더욱 좋아지고, 식사에 섞으면 병에 걸리는 걸 막아줘. 정말 다양한 용도로 쓰이거든! 그래서 한몫 제대로 잡으려고……."

"그런 멋진 것이 무료로 샘솟는 거군요! 많은 사람들에게 큰 도움이 되겠어요! 역시 성직자가 모이는 마을이에요. 나쁜 사람들은 그걸 이용해 떼돈을 벌려고 할 텐데……."

세실리는 갑자기 입을 꾹 다물었다.

그리고 나에게 어떻게 좀 해달라는 시선을 보냈다.

"……그런 건 자기 눈으로 직접 확인하는 편이 좋겠죠. 그럼 아르칸레티아가 어떻게 되었는지 한 번 가보도록 할까요?"

"예! 정말 기대돼요, 두목님!"

"아야야야야, 갑자기 배가 아프네! 어제 먹은 우뭇가사리 슬라임이 역습을 하는 것 같아! 저기, 미안한데 오늘은 같이 갈 수 없을 것 같아!"

세실리는 배를 움켜쥐고 그런 티 나는 거짓말을 했다.

"그럼 잠시만 기다려주세요. 집에 가서 마법 실력 하나는 끝내주는 아크 프리스트를……."

"그것만은 안 돼애애애애앳!!"

3

다음 날 아침.

"언니, 부탁이니까 가게 안에서 날뛰지는 말아주세요."

"메구밍 양은 나를 대체 어떻게 생각하는 거야? 이래 봬도 나는 성직자거든?"

아이리스, 세실리와 아침 일찍 합류한 나는 아르칸레티아에 가기 위해서 두 사람을 데리고 위즈 마도구점으로 향했다.

아이리스는 이런 곳에 와본 적이 거의 없는지 눈을 반짝이며 가게를 올려다보았다.

그러고 보니 옛날에 카즈마가 처음 이 가게에 왔을 때 아쿠아가 난리를 피워서 큰일 날 뻔 했다는 이야기를 들었다.

"약속한 거죠? 상대는 상상을 초월하는 존재예요. 언니가 죽을힘을 다해도 절대 이기지 못할 거예요. 그러니까 저를 휘말리게 하지 마세요."

"메구밍 양은 아쿠시즈 교도를 대체 어떻게 생각하는 거야? 우리는 말이지? 악마와 언데드, 그리고 이교도 이외에는 전부 사이좋게 지내거든?"

이 가게에는 악마와 언데드만 있어서 문제인 건데 말이다.
아이리스는 우리의 대화를 듣더니 고개를 갸웃거리며 물었다.
"두목님, 이 가게는 어떤 곳인가요?"
"괴짜들의 소굴이에요."
"괴짜들의 소굴? 말이 심하구나, 엉터리 종족의 엉터리 마도사여."
어느새 우리 뒤편에 나타난 바닐이 느닷없이 그렇게 말했다.
"후하하하하하하! 잘 왔다, 엉터리 계집과 나의 옛 주군이여! ……이, 이익, 네 녀석은 뭐냐! 이 몸의 가면을 함부로 만지지 마라!"
세실리가 가면을 움켜잡자 바닐은 필사적으로 저항했다.
아쿠아의 평소 행실을 볼 때 아쿠시즈교의 프리스트는 악마와 언데드의 정체를 간파할 수 있는 것 같았다.
즉, 세실리도 한눈에 바닐의 정체를 눈치챘으리라.
인간적으로 문제가 많은 언니지만 그래도 일단은 아쿠시즈교의 프리스트다.
바닐이 악마라는 걸 한눈에 간파했겠지.
"미남이야! 저 가면 아래에서 어마어마한 미남 냄새가 나! 가면을 쓴 분, 만나서 반가워요! 저는 세실리라고 해요!"
"이 몸은 바닐이라고 한다. 만나서 반갑다! 그리고 잘 가라! 이익, 너한테는 볼일이 없다! 이래서 아쿠시즈 교도는 딱 질색인 거다!!"

인간적으로 문제가 많은 이 언니는 눈썰미 또한 문제가 많은 것 같았다.

세실리의 손에서 벗어난 바닐은 자세를 바로하고 돌아섰다.

그리고 바닐의 모습을 보고 표정이 환해진 아이리스를 향해 귀족식으로 완벽하게 예를 표한 후—.

"오랜만이구나. 치리멘돈야의 손녀여. 잠시 안 본 사이에 한층 더 강해졌군. 이 몸조차도 그대를 내다보기 어려워졌어."

그렇게 말하면서 즐거운 듯이 미소를 지었…….

"아쿠시즈 교도를 너무 싫어하지 마! 저기, 가면으로 숨기고 있는 맨얼굴을 보여주지 않겠어? 잠시만, 아주 잠시만 보여주면 돼! 그냥 보기만 하고, 아무 짓도 안 할게!"

"하치베! 하치베!"

"바쁘신 중에 방해해서 죄송한데, 위즈는 지금 가게에 있나요? 부탁이 있어서 찾아왔거든요."

"이익, 하나같이 시끄럽구나! 한꺼번에 떠들어대지 마라, 이 계집들아!"

아침부터 텐션이 하늘을 찌르는 바닐에게 아이리스가 계속 말을 걸었다.

"하치베는 이 가게에서 일하나요? 아하하하! 오랜만이에요, 하치베!"

아무래도 이 두 사람은 아는 사이 같았다.

키가 큰 바닐의 허리를 꼭 끌어안은 아이리스가 미소를 지었다.

"음. 건강해 보이는구나, 치리멘 소녀여. ……그런데 그대들은 왜 이곳에 온 거지?"

"아르칸레티아에 가게 되어서, 위즈에게 텔레포트로 데려다 달라고 부탁하러 왔어요. 그녀는 예전에 아르칸레티아에 저희와 함께 갔잖아요? 어쩌면 그 마을을 텔레포트 행선지로 등록해뒀을지도 모른다는 생각이 들었거든요."

그렇다. 우리는 이 가게에 그냥 놀러온 것이 아니다.

공주님인 아이리스를 데리고 며칠이나 걸리는 아르칸레티아 행 마차 여행을 했다간, 소동이 벌어질 게 틀림없다.

뭐, 그럴 돈도 없지만…….

"점주라면 피치 못할 사정으로 시꺼멓게 탄 채 가게 안쪽에 널브러져 있다. 잠시 후면 부활할 테니, 그때까지 이 가게에서 느긋하게 시간을 보내도록."

아무래도 위즈가 또 사고를 친 것 같았다.

한편, 나는 세실리가 아까부터 조용하다는 사실을 눈치챘다.

고개를 돌려보니 그녀는 양손으로 볼을 꼭 누르며 몸을 배배 꼬고 있었다.

"계집이라는 말을 듣고 말았는데, 어쩌지? 언니 취급은 자주 당했지만, 이런 건 처음이야. 경험이 풍부한 나도, 바닐 씨한테 있어서는 순진무구하고 풋풋한 계집애나 다름없는 거구나……."

못난 어른 취급을 당한 세실리는 아무래도 계집이라는 말을 들은 게 기뻐 보였다.

연령미상인 악마에게 있어서는 할머니도 갓난아기나 다름없겠지만 그냥 아무 말도 안 하기로 했다.

바로 그때였다.

"오오. 다녀오셨습니까, 바닐 님. ……이야, 아침부터 손님이 오셨나 보군요."

가게의 문이 열리더니 빗자루와 먼지떨이를 들고 있는 인형탈이 모습을 드러냈다.

가게 앞을 청소하러 나온 것 같았다.

겉모습만 보면 사랑스러운, 저 전직 귀족 인형탈 악마의 모습을 본 아이리스는 느닷없이 저 악마의 품에 안겼다.

"제레실트 님! 제레실트 님!"

"왕녀 전하 아니십니까! 대체 왜 이런 곳에 오신 겁니까……?"

한때 영주였던 귀족과 왕녀라면 당연히 면식이 있을 것이다.

"제레실트 님, 지금의 저는 흔하디흔한 치리멘 소녀예요! 그러니 저는 이리스라고 불러 주세요!"

"저, 저기, 치리멘 소녀가 뭔지, 그리고 그게 흔한지도 모릅니다만…… 아무튼 전하. 저는 종족적인 제약 때문에, 함부로 사람을 이름으로 부를 수 없습……."

"이리스라고 불러주세요, 제레실트 님!"

치리멘 소녀라는 호칭이 마음에 든 것 같은 아이리스가 눈을 반짝이면서 인형탈을 향해 그렇게 말했다.

그러고 보니 악마는 자신이 인정한 상대만 이름으로 부른다고 한다.

"아, 아니, 전하. 저는……."

"이리스예요! 그러고 보니 제레실트 님은 강자 혹은 실력을 인정한 상대만 이름으로 부른다는 이야기를 전에 들은 적이 있어요. 후훗, 제레실트 님께서 놀아주셨던 어린 시절의 저와는 달라졌답니다. 자, 제가 얼마나 성장했는지 똑똑히 봐주……."

"이리스 님! 정말 크게, 그리고 강하고 아름답게 성장하셨군요! 이 제레실트, 이리스 님이 이렇게 성장하셔서 진심으로 기쁩니다!"

아이리스가 환하게 웃으며 검을 뽑아들려 하자 기가 죽은 인형탈이 뒷걸음질을 쳤다.

이 인형탈은 툭하면 이 마을 주민들에게 괴롭힘을 당하는 탓에 남은 잔기(殘機)가 얼마 안 된다고 한다.

"치리멘 소녀는 제레실트와 아는 사이였나. 아무튼 가게 안으로 들어가도록. 그리고 이 몸과 절친한 사이인 그대에게는 이 가게의 멋진 상품들을 특별 요금에 판매하지!"

"와아! 고마워요, 하치베! 이 가게는 마도구점이죠? 대체 어떤 물건을 파나요?!"

바닐이 씀씀이가 큰 손님을 잡았다는 듯이 기뻐했지만 치리멘 소녀는 그런 그를 전혀 의심하지 않고 넙죽넙죽 따라갔다.

세상물정을 모르는 이 아이에게는 아직 보호자가 필요한 것 같았다.

4

"우선 이것! 어느 하렘 꼬맹이가 고안한, 불가사의 생명체 용수철벌레 군! 언뜻 보기엔 평범한 용수철! 하지만…… 계단 위에 살며시 내려놔봐라. 한 칸 한 칸을 마치 자벌레처럼……."

"와아! 살게요! 얼마인가요?!"

"저딴 걸 어디 쓸 거죠?! 쓸데도 없는 물건을 사면 안 되잖아요! 당신 지갑 안에 든 것은 국민들의 혈세란 말이에요!"

바닐은 가게에 들어선 아이리스에게 딱히 쓸데도 없는 잡동사니를 팔려고 했다.

"그럼 이건 어떠냐! 걸을 때마다 삐약삐약 소리가 나는 불가사의 샌들! 이세계에서 가져온 거라고 여겨지는 전설의 장비품이라고 한다. 걷기만 해도 적을 위협할 수 있는 뛰어난 장비이며, 고명한 전사의 성유물이라고……."

"살게요! 물론 사겠어요!"

"저딴 걸 신고 제 옆에서 걸으면서 쉴 새 없이 삐약삐약

소리를 내면, 저 신발을 압수해버릴 거예요!"

아이리스는 이 가게에 있는 모든 물건이 신기한 건지 쓰다만 지우개도 살 듯한 분위기였다.

"저기, 저 인형탈 속에는 미소녀이 들어가 있는 거지?! 이 언니는 알 수 있어. 키를 보면 어른 남자는 들어갈 수 없거든!"

"아, 아니, 이건 마도구 같은 건데……. 앗, 하지 마라! 하지 마라! 안을 들여다보려고 하지 말란 말이다!"

세실리는 이 가게의 구석에서 인형탈을 궁지에 몰며 즐거워하고 있었다.

"아니, 할 거야! 너무 사랑스럽게 생겼거든! 이 가게는 대체 뭐하는 데야?! 귀족 느낌의 미스터리어스한 가면 신사 다음에는 귀엽기 그지없는 인형탈이 마중을 해주잖아! 이렇게 무방비한 미소녀은 괴롭힘을 당해도 싸!"

"그러니까 소녀이 아닌데……, 바닐 님! 이 계집은 정상이 아닙니다! 제발 도와주십시오!"

아무래도 대화를 방해하지는 않을 것 같으니 그냥 내버려두자.

"이건 전설의 홍마족, 헤모글로빈이 애용했다는 구멍 뚫린 글러브다. 이걸 착용하면 용사의 힘에 눈뜬다고 하지."

"용사의 힘……!"

"홍마의 마을에 가면, 저런 아이템을 애들 용돈 가격으로 살 수 있어요."

"아까부터 왜 이렇게 장사를 방해하는 것이냐, 엉터리 마도사 계집! 치리멘 소녀에게 비장의 아이템을 보여주지! 이건 프로펠러라는 마도구인데, 손으로 돌리기만 해도 하늘을 나는……."

"그건 이미 가지고 있어요! 마도구가 아니라 아무데서나 흔하게 파는 장난감이죠?! 하치베는 오라버니와 똑같은 말로 저를 놀리는군요!"

바로 그때였다.

가게 입구의 문이 힘차게 열리더니 눈에 익은 인물이 모습을 드러냈다.

"바닐 씨! 저, 최선을 다했어요! 이거 좀 보세요! 아다만마이마이의 껍질을…… 메, 메구밍?!"

대량의 껍질을 짊어진 융융이 깜짝 놀란 표정을 지었다.

아무래도 이 애는 꼭두새벽부터 껍질을 모으러 다닌 것 같았다.

"당신은 대체 아침부터 뭘 하고 다니는 거죠?"

"으응?! 나, 나는 바닐 씨의 부탁으로 어제부터 마도구의 재료로 쓰이는 아다만마이마이의 껍질을 모으러 다녔어……."

오늘 아침부터가 아니라 어제부터 모은 것 같았다.

"친구여, 수고 많았다, 그 껍질은 저쪽에 둬라. 고생한 그대에게 이 몸이 직접 맛있는 차를 타주지."

융융은 친구에게 도움이 된 게 기쁜 건지, 지친 기색이 역력한 데도 행복한 미소를 지었다.

"……친구라는 말로 저 애를 공짜로 부려먹은 건가요?"

"무슨 소리를 하는 거지? 네 녀석은 친구의 부탁을 들어주고 돈을 받는 것이냐? 진정한 친구는 금전으로 얽히지 않는 법이지. 그렇지 않느냐? 친구여!"

"에, 에헤헤…… 맞아요. 우정은 돈으로 살 수 있는 게 아니잖아요."

바닐이 차를 타준다는 말을 듣고 기뻐하는 라이벌을 보니 나는 머리가 지끈거렸다.

"우정은 돈으로 살 수 없다고요? 옛날부터 반 친구한테 툭하면 먹을 걸 사주고, 저한테 도시락을 바쳤던 당신이 이제 와서 그런 소리를 하는 건가요……."

"도, 도시락은 바친 게 아니라 너한테 빼앗겼던 거야!"

차를 마시고 한숨 돌린 융융은 그제야 가게 안을 둘러보며 입을 열었다.

"그런데 메구밍은 왜 여기에 있는 거야? 그리고 세실리 씨와 이리스 양도 있네……."

"이제부터 다른 마을에 원정을 가서, 다 같이 모험을 할 거예요."

그 말을 듣자마자 양손으로 소중히 들고 있던 컵을 테이블에 내려놓은 융융이 기지개를 켰다.

"그, 그렇구나~. 그런데 갑자기 웬 모험이야? 퀘스트라도 맡는 거야?"

"……갑자기 발생한 정체불명의 슬라임을 토벌할……."

"슬라임! 웬만한 검사는 베지도 못하는 출렁출렁 보디에, 대부분의 마법에 내성을 지닌 그 슬라임 말이구나! 게다가 정체불명의 슬라임이라면 엄청난 사태네! 그런 걸 너희끼리 처리할 수 있겠어?!"

내가 토벌 대상에 대해 설명하자 융융은 관심을 보이며 그렇게 외쳤다.

"…………아마 크게 문제는 없을 걸요? 웬만한 검사와는 차원이 다른 실력자인 이리스에, 최강의 마법을 쓸 수 있는 제가 있으니까요. 움직임이 느린 슬라임은 적당한 과녁이나 다름없어요."

"무, 무슨 소리를 하는 거야! 그렇게 방심했다간 따끔한 맛을 보게 될지도 모르거든?! 게다가 파티의 멤버 구성도……."

"전위인 이리스, 아크 위저드인 저와 프리스트인 세실리. 으음, 전위가 한 명 더 있으면 딱 좋을 것 같기는 하네요."

"……그, 그럴 거야! 참고로 나는 고레벨 홍마족이라 내구력이 뛰어난데다, 전위에서 싸울 수 있도록 이렇게 단검도 가지고 다녀!"

………….

"그래요. 원래라면 융융에게도 동행을 부탁하겠지만, 어제부터 밤을 새며 퀘스트를 한 것 같으니 오늘은 푹 쉬세……."

"나, 아다만마이마이 사냥을 했는데도 힘이 남아돌아서 이제부터 조깅이라도 하려던 참이야! ……그러고 보니 아다만마이마이도 슬라임과 마찬가지로 물리 공격과 마법에 강한데, 진짜 수월하게 해치웠네……."

융융이 그런 소리를 늘어놓으며 계속 힐끔힐끔 쳐다봐서 나는 결국 뚜껑이 열렸다.

"진짜 성가신 애네요! 따라오고 싶으면 그렇다고 말을 하면 되잖아요! 그리고 어제 같이 모험을 하러 가자는 소리를 하려고 융융을 한참 찾았다고요! 그런데 밤새도록 마이마이 사냥이라 하러 다닌 거예요?! 대체 뭐하고 다니는 거예요?! 마력도 꽤 썼을 텐데, 정말 괜찮은 거예요?!"

"물론이야! 마력 걱정도 하지 마. 마나타이트를 대량으로 사갈 생각이거든! 바닐 씨, 중급 마나타이트를 있는 대로 주세요!"

"구매 감사합니다!"

"제가 이런 말을 하는 것은 좀 그렇지만, 그렇게까지 안 해도 돼요! 아마 간단한 퀘스트일 거예요!"

바로 그때였다.

"슬슬 이야기는 끝난 거지? 이 언니는 이미 준비를 마쳤어."

세실리가 아까부터 조용하다 싶더니 인형탈을 벗기려고 별의별 짓을 다한 것 같았다.

축 늘어진 상태에서 여전히 저항하고 있는 인형탈을 안아든 세실리가 미소를 머금었다.

이 순간을 기다린 것처럼 가게 안쪽에서 느긋한 목소리가 흘러나왔다.

"……어머? 정신을 차려보니, 손님이 잔뜩 계시네요! 자, 잠시만 기다려주세요. 서둘러 차를 준비……."

"차는 괜찮으니 무리하지 마세요! 몸이 흐릿하단 말이에요!"

몸이 약간 투명해진 위즈가 비틀거리면서 모습을 드러냈다.

그런 위즈를 본 세실리는 충격을 받은 것처럼 눈을 치켜떴다.

"아, 아아……. 맙소사……."

옹이 구멍이나 다름없는 눈을 지닌 이 언니도 위즈의 투명해진 몸을 보고 상대가 범상치 않은 존재라는 사실을 눈치챈 것 같았다.

세실리는 위즈를 주시하고 몸을 부르르 떨었다.

"언니, 진정하세요. 제발 부탁인데, 날뛰지는 말아주세요. 저 사람은 저래 봬도 선량한……."

"큭, 메구밍 양이 이 가게에 들어가기 전에 「상대는 상상을 초월하는 존재예요. 언니가 죽을힘을 다해도 절대 이기지 못할 거예요」 하고 말한 이유를 알겠어! 엄청난 글래머! 엄청난 미모! 그리고 차를 대접하려 하는 배려와, 금방이라도 사라져버릴 듯한 덧없는 분위기까지……!"

확실히 금방이라도 물리적으로 사라져버릴 것 같기는 하지만…….

"아무래도 순순히 물러나는 편이 좋을 것 같네……. 하지만 바닐 씨. 잠시 동안이나마 육체적 교류를 나눈 당신에게, 부탁이 하나 있어……."

"이 몸의 명예에 커다란 흠집이 난 느낌이 든다만, 더는 괜한 짓을 하지 않고 사라져준다면 그 부탁을 들어주도록 하지."

세실리는 바닐의 가슴에 손가락으로 하트마크를 그리며 말했다.

"세실리는 바닐 씨의 맨 얼굴이 보고 싶어~."

"…………하아……."

땅이 꺼져라 한숨을 내쉰 바닐은 따라오라는 듯이 세실리에게 손짓을 한 후 가게 안쪽으로 들어갔다.

그리고 세실리가 희희낙락하며 바닐을 따라가더니―.

"우와~! 잠깐만 있어봐! 나는 쇼타와 로리가 취향이지만, 왠지 취향이 바뀔 것 같아! 아앗, 잠깐만! 잠깐만 더 그대로 있어!!"

…………….

이윽고 바닐과 함께 돌아온 세실리가 만족한 미소를 짓고 있는 가운데―.

이 자리에서 침묵을 지키고 있던 이들 전원이 한 목소리로 말했다.

“““저희도 보고 싶…….”””

“거절하지.”

5

“세실리 언니, 하치베의 맨 얼굴은 어떻던가요?! 저한테도 가르쳐주세요!”

“저 가면 아래에는 차분하고 댄디한 신사의 얼굴이 있었어! ……아아. 이러면 안 돼, 세실리! 정신 바짝 차려! 나는 로리를 좋아하잖아?! 그래, 잘생긴 부자를 물어서, 로리 하인을 잔뜩 고용하는 거야! 저런 마성의 매력에 휘둘리면 안 돼!”

세실리는 갈등에 빠진 건지 머리를 감싸 쥔 채 몸을 배배 꼬았다.

“뭐, 아무튼…….”

이윽고 정신을 차린 세실리는 우리를 둘러보더니 만면에 미소를 짓고 말했다.

“물과 성수의 도시 아르칸레티아에 어서 와!”

―우리는 바닐에게 쫓겨나듯 아르칸레티아로 보내졌다.

“헤헤, 에헤헤헤, 왠지 이럴 것 같은 예감은 들었어. 나 따위가 남들과 모험을 한다는 게 말이 안 되잖아……. 하지만 혼자서 멍하니 있는 것보다는 나아……. 두 번 다시 안 가려고 했던 아르칸레티아도, 다른 사람들과 함께라면 즐거울지도 몰라…….”

“……메구밍 양. 나, 왠지 마음이 아파.”

“아르칸레티아에 간다는 소리는 안 했거든요. 저 애의 미소가 저렇게 변해버린 것도, 전부 아쿠시즈 교도와 언니 탓이에요.”

이 마을에 도착하자 융융은 울면서 웃기 시작했다.

그 옆에는 이 마을에 처음 와본 아이리스가 눈을 반짝이며 주위를 둘러보고 있었다.

“어쩌면 좋지? 미소녀가 눈물을……! 눈물을……. 저기, 메구밍 양? 미소녀는 우는 모습도 멋진 것 같지 않아?”

“눈곱만큼도 반성하지 않은 것 같네요! 그것보다, 이제 슬슬 가르쳐주지 않겠어요? 언니가 머나먼 아르칸레티아에 출몰한 슬라임을 신경 쓰는 이유 말이에요.”

슬라임 토벌 의뢰를 한 사람은 바로 세실리였다.

그리고 아르칸레티아에서 출몰한 몬스터의 토벌은 액셀 지부장이 된 세실리와는 딱히 상관이 없는 일인 것이다.

“저기, 메구밍 양? 우리는 꽤 오래 알고 지냈지? 꽤 친분을 쌓았잖아? 그러니까……. 화내지 말고 내 말을 들어줄래?”

“사실대로 말 안 하면 화낼 거라는 것만큼은 틀림없어요.”

나는 경고 삼아 그렇게 말했고 세실리는 그 자리에서 딱딱하게 굳어버렸다.

"……메구밍 양은 홍마족이니까, 머리가 좋지? 그러니 우선 힌트를 줄게."

"괜히 퀴즈 같은 거를 내지 말고, 빨리 슬라임 토벌을 의뢰한 이유나……."

세실리는 내 태클을 깔끔하게 무시하더니 손가락 하나를 꼽았다.

"슬라임이란 몬스터가 어떻게 태어나는지는 아직 해명되지 않았어. 하지만 이곳은 아쿠시즈 교단의 총본산이야. 안 그래도 신성한 이곳에, 그것도 성수가 샘솟고 있는데도 불구하고 마물이 출몰했어. 이건 범상치 않은 사태야."

"범상치 않은 사태라는 건 알아요. 하지만 그것과 언니가 어떻게 얽혀 있는 거죠?"

세실리는 가슴 앞으로 모은 두 팔로 깍지를 끼더니 기도를 하는 포즈를 취했다.

"이건 어디까지나 내 혼잣말이야."

왠지 불길한 예감이 들기 시작했다.

"떠올려봐. 액셀 교회의 냉장고에 넣어뒀던 우뭇가사리 슬라임의 사체가 실은 숨이 붙어 있었을 뿐만 아니라, 몰래 냉장고 밖으로 빠져나가서 밭의 채소를 먹어치웠던 일을 말이야. 내가 개량한 슬라임들은 가루로 만든 후에도 부활해."

"그런 일도 있었죠. 하지만 그것과 이번 일이 무슨……."

상관인 건데요.

……라고 물어보려던 순간, 나는 눈치챘다.

"언니."

"아냐."

내가 아직 별말 하지 않았는데 세실리는 부정했다.

"예전에 이 마을에서는 온천물 대신 우뭇가사리 슬라임이 샘솟는 어이없는 사건이 일어난 적이 있죠?"

"맞아. 마왕군이 아르칸레티아에서 그런 파괴활동을 자행했었어. 그건 참 안타까운 사건이었다니깐……. 그리고 내가 소중히 아껴뒀던 우뭇가사리 슬라임을 누군가가 훔쳐가는 일이 당시에 벌어졌었지……."

…………

"그때 일도, 이번 일도, 실은 전부 언니 짓……."

"그만! 전부 억측에 지나지 않는 데다, 단순한 우연일지도 모르잖아! 예전 일은 내 우뭇가사리 슬라임을 훔쳐간 마왕군이 벌인 짓이 틀림없어! 하지만 이번에는 나중에 먹으려고 챙겨뒀다가 까맣게 잊은 슬라임들이 부활 및 탈주해서 이런저런 일을 겪은 끝에, 정체불명의 슬라임으로 진화한 걸지도 몰라. 그렇지 않을지도 모르지. 하지만 이것만은 확실해……!"

세실리는 온화한 미소를 짓고 말했다.

"아르칸레티아 사람들이 느닷없이 나타난 슬라임 때문에

곤경에 처했어. 그런 사람들을 돕고 싶어 하는 것이 과연 그릇된 일일까?"

"본심을 털어놓지 않으면 확 돌아가 버릴 거예요."

세실리는 잠시 동안 침묵을 지킨 후—.

"맞아! 내가 얽힌 일이라는 게 알려지면 곤란하니까, 이참에 증거를 인멸하고 싶어! 아, 앗! 메구밍 양, 부탁이야! 이 언니야~를 버리지 마아아아아!"

6

문 너머에서 목소리가 들렸다.

"나, 지금 바로 에리스교 교회에 가서 참회하고 올게! 에리스 신의 초상화를 보면 욕망이 샘솟는데, 이건 잘못된 일입니까! 하고 말이야! 같이 갈 사람은 내 엄지를 움켜잡아~!"

"어이, 나도 가겠어!"

"나도 갈래!"

어이없는 대화 내용이 들리자 나는 문을 열려다 머뭇거렸다.

"자, 가십시오. 에리스교의 여신관이 얼굴을 새빨갛게 붉히고 항의하러 오겠지만, 그것도 좋죠! 자, 빨리 가십시오."

귀에 익은 그 목소리는 아쿠시즈교의 아크 프리스트이자 최고 책임자의 목소리다.

이 마을의 교회를 관리하고 있는 제스터란 이름의 아저씨일 것이다.

“곧 있으면 에리스교의 미인 신관이 이곳에 쳐들어오겠죠. 저는 알몸으로 교회 입구에 누워 있다가 그 미인 신관을 요격하겠습니다. 누가 마도 카메라를 빌려오세요! 에리스교의 미인 신관이 알몸인 저를 자근자근 밟으며 엉엉 우는 모습을 찍는 겁니다! 미인 신관은 울며 돌아갈 테고, 그녀에게 짓밟히는 건 저에겐 포상이죠. 그리고『알몸인 아쿠시즈 교도를 짓밟는 에리스교 신관』이라는 제목으로 이 사진을 퍼뜨려서 더욱 대미지를 주는 겁니다!”

“오오! 역시 제스터 님은 대단하십니다! 내일 이후의 에리스교 여신관 습격 때는 저도 동행시켜주십시오!”

“어이! 나도 미인 신관에게 밟히고 싶다고!”

그런 어이없는 대화가 들렸지만 나는 어쩔 수 없이 문을 열었다.

“아니?! 미소녀! 우리 교단 본부에 미소녀 님께서 강림하셨어!”

“야, 미소녀가 겁을 먹잖아! 남자 놈들은 물러나! 여성 신도들이 미소녀를 맞이하겠어!”

“약아빠진 짓 하지 마! 나도 미소녀가 토하는 숨결을 들이마시고 싶다고!”

“나도 미소녀가 풍기는 향기를 맡고 싶어!”

눈앞에 지옥도가 펼쳐졌다.

그렇다.

이곳은 아르칸레티아에 있는 아쿠시즈 교단 본부다.

나와 융융이 교회 안에 들어선 순간, 아쿠시즈 교도들에게 포위당했다.

남성 신도들은 아직 망설이고 있는 것 같지만 여성 신도들은 동성이라 그런지 거침없이 우리의 몸을 만져댔다.

모르는 언니가 융융을 꼭 끌어안거나 머리를 쓰다듬자 그녀는 그 자리에서 딱딱하게 굳어버렸다.

들러붙으려 하는 아쿠시즈 교도를 어찌어찌 밀어내고 있을 때—.

"메구땅, 사랑해애애애애애애애애!"

"왜 언니까지 끼어드는 거예요?! 당신은 이 사람들을 말려야 할 거 아니에요! 그리고 메구땅이라고 부르지 마라!"

세실리는 다른 신도들에 섞여서 나를 꼭 끌어안으려 했고, 나는 교회 밖을 턱짓하며 이렇게 말했다.

"하아, 제가 먼저 들어오기를 잘했네요. 잘 들으세요. 잠시 후에 이 교회에 들어온 애한테는 절대 무례한 행동을 하지 마세요. 성희롱도 하면 안 돼요. 그게 외부에 알려지면, 아쿠시즈 교단 책임자의 목이 달아날 거라고요."

"맙소사, 제스터 님의 목이……! ……뭐, 딱히 문제될 건 없지."

"이 마을이 평화로워질 거야."

"제스터 님이 돌아가신다면, 이번에야말로 내가 최고 책임자가 될 수 있어……!"

"좋습니다. 이 제스터, 늙기는 했지만 아직 현역이죠. 얼마든지 덤벼 보세요!"

이 사람들, 확 전부 날려버릴까.

"저기, 메구밍 양. 여기서 그런 소리를 해봤자 역효과밖에 안 난다는 걸 이제 그만 학습하는 게 어때?"

"당신들의 사고방식 같은 건 학습하고 싶지 않지만……. 그것보다, 제스터 씨를 좀 쫓아내주지 않겠어요? 이 사람이 이리스를 보고 가장 폭주할 것 같아서 무섭거든요……."

바로 그때였다.

교회의 문이 살며시 열리더니 아이리스가 고개를 쏙 내밀었다.

그 모습을 본 제스터가 잠시 생각에 잠긴 후—.

"괘, 괜찮으세요?! 두목님, 이분이 갑자기 쓰러지셨어요……!"

제스터가 그 자리에서 털썩 쓰러지자 아이리스는 당황한 목소리로 그렇게 말하며 그에게 다가갔다.

"이렇게 끝내주는 미소녀가 나타나다니……! 오늘이 내 제삿날인 건가?! 이 자리에서 모든 행운을 다 쓰고, 죽어버리는 건가?!"

"그, 금발 미소녀?! 더는 무리야! 이제 참을 수 없어! 아가씨, 이 언니가 과자를 줄 테니까, 잠시만 포옹해도 될까?!"

내가 충고를 했는데도 불구하고 아이리스는 순식간에 아쿠시즈 교도들에게 포위당했다.

"무, 무슨 소리를 하시는 거죠?! 그것보다, 누가 이분에게 회복마법을 걸어주세요! 이 아저씨가 쓰러진 채 꼼짝도 하지 않는단 말이에요!"

아이리스는 그렇게 말하고 제스터의 옆에서 한쪽 무릎을 꿇더니—.

"괜찮으세요?! 아저씨, 정신 차리세요!"

—라고 말하면서 제스터를 흔들어댔다.

"……이리스, 그 사람한테서 떨어지세요. 그 사람은 미소녀가 자기를 걱정하는 상황을 만들려고 일부러 꾀병을……."

내가 말을 이으려던 순간, 주위에 있던 아쿠시즈 교도들이 차례차례 쓰러졌다.

"어, 어머나?! 두목님, 다른 분들도 갑자기 쓰러지셨어요! 어쩌면 병이나 저주에 걸린 걸지도 몰라요!"

"당신이 자기들도 걱정해줬으면 해서 저러는 거예요. 이대로 안 일어난다면, 이 사람들을 한 명 한 명 자근자근 밟아 주죠."

나는 그렇게 말했고 제스터를 비롯한 아쿠시즈 교도들이 얼굴이 천장을 향하도록 몸을 돌렸다.

마치 제발 자기 얼굴을 밟아달라는 듯이 말이다.

"메구밍 양, 그건 포상이나 다름없으니까 다들 꿈쩍도 하지 않을 거야. 제스터 님, 미소녀들이 난처해하고 있으니까 이만 일어나세요. 여러분의 아이돌, 액셀 지부장 세실리가 돌아왔어요."

"쳇."

제스터는 지면에 드러누운 채 입만 옆으로 돌려서 침을 뱉었다.

"……세실리 양. 당신에게는 밟혀도 그다지 기쁘지 않아요. 일어날 테니까 당신의 그 무거운 발을 치워주시죠."

세실리에게 짓밟히고 있던 제스터가 몸을 벌떡 일으켰다.

"……메구밍 양, 융융 양, 오랜만입니다. 환영합니다, 길 잃은 미소녀들이여. 잘 오셨습니다……. 세례를 받으러 오셨나요? 아니면 참회? 불륜 계약이라면 맡겨만 주시죠."

"제스터 님, 일이 복잡해지니까 입 좀 다무세요. 그녀들은 옛 온천에서 샘솟고 있는 슬라임을 해치우러 온 거예요."

세실리가 그렇게 말하자 제스터의 표정이 변했다.

"호오, 일부러 슬라임을 쓰러뜨리러 온 겁니까? 그건 감사한 일입니다만, 왜 세실리 양과 메구밍 양이 이렇게까지 나서는 건지 모르겠군요."

"그야 아쿠시즈 교단의 총본산인 이 마을을 사랑하기 때문이에요! 이 세실리, 아쿠아 님을 향한 신앙심과 미모만큼은 아쿠시즈 교단 안에서도 손꼽힌다고 자부한답니다!"

세실리가 힘찬 목소리로 거짓말을 늘어놓자—.

"미모에 관해서는 할 말이 있습니다만, 그 마음은 높이 사죠! 좋습니다. 세실리 양이 액셀 마을에서 얼마나 성장했는지, 제가 직접 여러분과 동행하면서 똑똑히 확인하도록 하죠!"

"예?"

제스터가 느닷없이 그런 소리를 했다.

7

"그럼 이리스를 부탁할게요. 아쿠시즈 교도에게 악영향을 받지 않도록, 신경 써주세요."

"……내가 그런 중대한 임무를 맡는 거구나……. 이리스 양과 함께 모험을 하는 것 자체는 좋긴 한데……."

옛 온천에서 샘솟는다는 슬라임의 숫자는 상당한 것 같았다.

그리고 그 슬라임들은 온천을 연결하는 파이프를 통해 이동하며 곳곳에서 악행을 저지르고 있는 것 같았다.

"그럼 두목님. 마을 사람들과 아쿠시즈 교단의 평온을 지키고 올게요!"

아이리스와 융융에게는 이 마을 곳곳에 흩어져 있는 슬

라임들의 처리를 부탁했다.

마법을 하루에 딱 한 번만 쓸 수 있는 내가 해야 할 일은 이 사건의 범인 혹은 원인을 규명하는 것이다.

그리고—.

"이거 놓으세요, 세실리 양! 순진무구한 소녀가 가버린다고요! 아아! 그녀들과 함께 행동할 수 있을 줄 알고, 감시역을 자청한 건데……!"

"제스터 님이 천사들과 같이 다니게 둘 수 없어요! 저 아이들과 매일같이 노닥거려도 되는 건, 액셀 지부장만의 특권이니까요!"

이 두 사람도 내가 맡기로 했다.

아이리스를 지키기 위한 일이라고는 해도, 아쿠시즈 교도 두 사람을 혼자 상대할 자신은 솔직히 없지만…….

"뭐, 여차하면 슬라임을 해치우려다 실수로 날려버린 걸로 위장하면……."

"어이쿠, 메구밍 양! 다 들었습니다! 그 지팡이가 저를 향한다면, 마법을 발동시키기 전에 당신에게 트라우마를 심어드리겠어요!"

"메구밍 양, 제스터 님은 옷 빨리 벗기 대회에서 항상 1등을 하는 실력자야. 그 점을 유의하는 게 어때? 그 지팡이로 우리를 겨눌 생각은 꿈에도 하지 마!"

이 성가신 인간들을 떠맡게 된 나는 솔직히 의욕이 나지 않았다.

"마을을 위협하는 슬라임을 제거하는 일이라고 해서 처음에는 의욕이 났지만, 솔직히 말해 범인은 이미 판명난 거나 다름없네요."

"메구밍 양, 무슨 소리를 하는 거니? 악행을 저지르는 게 우뭇가사리 슬라임이라고 해도, 안이하게 결론을 내선 안 된다고 봐!"

자세한 이야기를 들어보니 이 마을에서 목격된 슬라임은 바로 우뭇가사리 슬라임이었다.

그 사실을 안 순간, 범인은 확정된 거나 마찬가지지만…….

"하지만 피해도 액셀 마을과 거의 똑같……."

"더는 말하지 마~!"

게다가 슬라임에 의한 피해는 하나같이 식량 도난이었다.

일전에 세실리가 만든 우뭇가사리 슬라임이 저지른 범죄와 일치하는 것이다.

"이 사건의 흑막이 누구인지 알아낸 겁니까?"

"이 사람이에요."

"잠깐만~! 이러지 마! 아직 내 탓인 걸로 판명된 건 아니잖아!"

세실리는 그런 뻔뻔한 소리를 늘어놓았고 나는 지팡이 끝으로 그녀의 볼을 눌러대며 말했다.

"그럼 이 마을에 숨겨뒀다던 우뭇가사리 슬라임은 찾았나요? 없어졌죠?! 그럼 답은 나온 거네요! 언니는 툭하면……!"

"나는 슬라임 분말을 신경 써서 보관해뒀어! 물을 주지 않는 이상 부활할 리가 없단 말이야! 부탁이야, 내 말을 믿어줘!"

옆에서 이야기를 듣고 있던 제스터가 입을 열었다.

"일전에 이 마을에서 마왕군이 우뭇가사리 슬라임을 온천물에 집어넣는 사건이 벌어졌었죠. 그때는 제가 범인으로 몰려서 고역을 치렀습니다만, 혹시……."

"마왕군의 짓이에요."

세실리는 딱 잘라 말했다.

솔직히 말해 이제 와선 방금 그 말도 미심쩍지만…….

"아무튼, 융융 양 일행이 슬라임들을 처리하는 사이에 이 사건의 진상을 해명하도록 해요! 프리스트의 감에 따르면, 이 마을 어딘가에서 사악한 힘이 느껴져요……."

세실리는 과거에 온천물이 샘솟았던 산을 진지한 눈길로 쳐다보며 기도를 올렸다.

"하지만 언니의 감은 맞았던 적이 없잖아요."

"메구밍 양은 오늘 반항기야? 왜 이 언니에게 이렇게 매몰찬 거니?"

세실리가 사사건건 태클을 날리는 내 어깨를 잡고 흔들어 대고 있을 때였다.

"흠. 확실히 최근 들어 미세하지만 사악한 기운이 느껴지긴 했지요."

제스터가 평소와 다르게 진지한 표정을 지으며 그렇게 말했다.

"그 사악한 기운은 제스터 씨한테서 흘러나오는 것 같은데요."

"메구밍 양, 쉿~! 제스터 님이 속아 넘어갈 것 같으니까, 그냥 이대로 입 다물고 있자!"

제스터는 내 태클을 깔끔하게 무시하고 느닷없이 달리기 시작했다.

"세실리 양, 따라오세요! 이쪽에서 사악한 기운이 느껴집니다!"

"예, 제스터 님! 사악한 자를 교수형에 처하라~!"

세실리는 무시무시한 소리를 외치며 제스터의 뒤를 따랐다.

"불길한 예감만 드는데 말이죠……."

그 두 사람을 쫓아가면서—.

카즈마가 평소 이런 심정인 걸까, 하고 생각한 나는 아주 약간 반성했다.

8

이 사람들을 진짜 어떻게 해야 할까.

"여기서 사악한 기운이 느껴지는군요."

"대단하세요, 제스터 님. 세실리도 사악한 기운이 느껴져요."

"그런 천벌 받을 소리를 늘어놓다간, 상대방도 진짜로 화낼 거라고요."

이미 다들 짐작은 했겠지만 우리는 에리스 교회에 와 있었다.

"잘 들으세요, 세실리 양. 우선 제가 에리스 교도를 유인할 미끼가 되겠습니다. 당신은 문 뒤편에 숨어 있다, 교회에서 뛰쳐나온 에리스 교도를 제압하세요."

"알았어요, 제스터 님. 전부 이 세실리에게 맡겨주세요."

"제정신이에요?! 진짜로 할 거예요?! 저, 저기, 잠깐만요!"

두 사람은 내 제지를 깔끔하게 무시하고 앞으로 나섰다.

그리고 길을 가던 사람들이 멀찍이서 지켜보는 가운데, 제스터가 큰 목소리로 외쳤다.

"이리 오너라! 에리스교의 절벽가슴 프리스트 님은 계시느냐! 오늘은 일전에 그대가 했던 고백에 대답하러 왔느니라!"

"이 짜식이이이이이잇!"

교회 안에서 분노에 찬 고함소리가 들리더니 쿵쾅 하고 거친 발걸음 소리가 들렸다.

"무슨 말도 안 되는 소리를 하는 거야?! 당신, 해도 될 말과 해선 안 될 말도 구별…… 꺄아아아아아아아!"

"이 사교도, 지옥에 떨어져어어어어어어!"

"잠깐만요?! 언니……!"

세실리가 교회에서 뛰쳐나온 여자 프리스트를 뒤편에서

몰래 움켜잡았다.

그리고 발을 걸어서 프리스트를 넘어뜨린 후 세실리는 내가 말리는 데도 불구하고 프리스트의 등 뒤에 올라탔다.

"멋진 솜씨군요, 세실리 양. 일전의 우뭇가사리 슬라임 사건 말입니다만, 실은 세실리 양의 짓일지도 모른다고 의심하고 있었죠. 하지만 이 공적을 봐서 그냥 눈감아 드리겠습니다."

"만세~."

에리스교의 프리스트가 허를 찔린 바람에 간단히 제압당하자 제스터는 의기양양한 미소를 짓고 그녀에게 다가갔다.

"걸려들었군요, 에리스교의 얼간이 프리스트여! 저는 그 어떤 종족도, 가슴 크기에 상관없이 사랑할 수 있는 남자이지요. 하지만 당신의 고백에 대한 대답은 NO입니다!!"

"불쌍해라~, 완전 차였네~!"

"잠깐만 있어봐! 어이없는 헛소리를 듣고 뛰쳐나왔다가 바닥에 널브러진 것도 열받는데, 왜 내가 차인 건데?!"

세실리에게 제압당한 프리스트는 혼란에 빠진 것 같았다.

제스터는 그런 프리스트의 턱을 움켜잡더니, 얼굴을 들어 올렸다.

"에리스 교도와 사귈 마음은 추호도 없습니다만, 여전히 얼굴 하나는 미인이군요. 좋습니다. 당신의 그 뜨거운 마음을 봐서, 하룻밤만 같이 보내……."

"당신은 항상 이상한 사람이었지만, 오늘은 평소보다 심각하네요! 아앗, 통행인 여러분, 믿지 마세요! 저는 고백을 한 적이……!"

없어요.

프리스트 언니가 말을 끝까지 잇기도 전에 제스터가 얼굴을 쑥 내밀었다.

"저를 얕보지 마시죠! 평소에 당신이 저한테 밉살스러운 소리를 하며 설교를 한 것도, 츤데레인 당신이 제 관심을 끌려고 그랬다는 건 간파하고 있었습니다! 그럼 다시 한 번 제 대답을 들려드리죠! 당신과 사귈 수는 없지만, 육체 관계만이라면 웰컴입니다!"

"잘 됐네."

"뭐가 잘 됐다는 거죠?! 그리고 누가 츤데레라는 거예요! 당신에게 설교를 한 건, 저희 교회에 하도 민폐 행위를 해댔기 때문이에요……. 아쿠시즈 교도 여러분은 그냥 저희와 얽히지 말아주시면 안 될까요……?"

이 마을에 사는 에리스 교도는 정말 고생이 많은 것 같았다.

왜냐하면 이런 일이 일상다반사일 테니까 말이다.

"솔직해지지 못하는 츤데레구나! 천벌 받을 소리를 늘어놓는 건 이 입이냐! 이익, 내 입술로 틀어막아주마!"

"제스터 님, 바로 그거예요!"

"에리스 님, 성스러운 가호를 내려주소서! 『파워드』—!"

마법으로 신체능력을 강화한 프리스트가 세실리를 집어던

진 후 제스터의 볼에 주먹을 꽂았다.

나는 성직자들의 추한 난투극을 쳐다보며 잠시 동안 어이없어 한 후, 활짝 열려 있는 문을 통해 에리스 교회 안을 문뜩 쳐다보았다.

"……어? 잠깐만요. 방금 시꺼멓고 조그마한 물체가……."

재빠른 무언가가 교회 안쪽으로 도망가는 모습을 본 내가 다른 사람들을 돌아보니—.

"오늘은 절대 용서 못해요! 여신 아쿠아의 곁으로 보내드리죠!"

"이 에리스 교도, 정체를 드러냈구나! 아쿠아 님께서는 말씀하셨다! 후배 여신인 에리스는 보기와는 다르게 흉포한 구석이 있다고! 신도인 그대를 보니, 그 말씀이 옳다는 걸 알겠구나!"

"이이이이이익!"

이 사람들을 내버려두고 확 돌아버릴까, 라고 내가 생각하고 있을 때 세실리가 고개를 갸웃거렸다.

"메구밍 양, 왜 그래? 흉포한 에리스 교도를 보고 겁먹은 거야? 걱정하지 마. 이 언니가 너를 지켜줄게."

"누가 흉포한 에리스 교도라는 거죠?! ……당신은 처음 보는 분이군요. 아쿠시즈 교도치고는 그나마 제대로 된 분 같은데……. 아, 홍마족이신가요. 그렇군요……."

"어이, 홍마족에 관해 뭔가 할 말이 있다면 어디 해봐라!

……그것보다, 이 교회에서는 애완동물을 기르나요? 방금 뭔가가 안쪽으로 도망치던데요."

이대로는 본론에 들어갈 수 없을 것 같았기에 나는 방금 본 것이 무엇인지 일단 물어보았다.

"이 교회에는 저밖에 없는데요? 그리고 애완동물을 기르다니, 당치도 않아요. 이 마을에서 하루가 다르게 세력을 확장하고 있는 아쿠시즈 교단 때문에, 지금은 저 한 사람이 입에 풀칠을 하는 것도 힘들 지경인지라……."

"그렇게 슬픈 표정 짓지 마세요! 푼돈이라도 괜찮다면 나중에 기부할게요! ……하지만, 방금 분명 거무튀튀한 무언가를 봤는데……."

검고, 조그마하며, 약간 번들거리는 무언가였다.

공포의 대왕인 어떤 벌레가 아니라, 엄청 날렵한 슬라임 같은…….

"역시 아쿠시즈 교단의 두뇌인 메구밍 양이군요. 혼자서 이 교회에서 지내고 있는 이 계집에게 겁을 주려는 작전인가요."

"역시 메구밍 양이야."

"아니에요. 제가 그런 어이없는 짓을 할 리가……. 앗! 잠깐만요! 진짜예요! 진짜로 시꺼먼 뭔가를 봤단 말이에요! 미심쩍은 눈길로 쳐다보지 마세요!"

제3화
아르칸레티아에 번개를! (후편)

1

“하아. 두 사람 때문에 저까지 오해를 샀잖아요.”

에리스 교회를 벗어난 우리는 마을 안을 정처 없이 돌아다녔다.

“어이쿠, 뜻밖이군요. 소문을 듣자하니 메구밍 양은 액셀 마을에서 명물이라 불릴 정도의 문제아라면서요? 즉, 애초부터 오해를 살 여지가 충분히 있었다고 할 수 있죠.”

“메구밍 양은 유명인이네.”

“자, 잠깐만요. 저는 요즘 들어 풍물처럼 여겨지고 있기는 한데…….”

아쿠시즈 교도에게 문제아 취급을 당하는 날이 올 줄은 생각도 못했다.

내가 충격을 받자 제스터가 천천히 입을 열었다.

“아쿠시즈 교단 명예고문인 메구밍 양. 유감이지만 에리스 교회는 이 사태와 연관이 없을 가능성이 큽니다. 하지만 이 마을에서 무언가의 기운이 느껴지는 건 틀림없죠.”

“방금 제 이름 앞에 불온한 직함이 붙지 않았나요?”

제스터는 내 말을 무시하더니 미간을 찌푸리고 말을 이었다.

“이 불길한 예감은 전에도 느낀 적이 있습니다. 그래요. 저번에 이 마을에 발칙한 몸매를 지닌 여자 악마가 쳐들어왔을 때, 그리고 마왕군 간부인 한스가 파괴활동을 자행할 때 느꼈던 거죠…….”

“제 동료인 카즈마가 이런 말을 한 적이 있어요. 종교관계자는 이미 벌어진 일에 천벌이니 계시니 효험이니 같은 걸로 치부하려고 드니까 믿으면 안 된다고요.”

“메구밍 양, 무슨 소리를 하는 거야? 나중에 그 남자애를 나한테 데려와. 아쿠아 님의 위대함을 설파해줄게.”

바로 그때였다.

“꺄아아아아아! 누, 누가 좀 와봐아아아아아!”

대로변에 자리한 여관에서 비통한 목소리가 흘러나왔다.

“무슨 일이죠?!”

내가 여관에 뛰어 들어가니 점원으로 보이는 여성이 바닥에 털썩 주저앉아 있었다.

“내, 내 소중한 간식이……! 투명하고 말랑말랑한 무언가가 내 간식을 가로채서 배수관으로 도망쳤어!”

지금까지의 목격 정보에 비춰볼 때 슬라임이 분명했다.

제스터와 세실리는 서로를 쳐다보며 고개를 끄덕였다.

“이건 분명…….”

“에리스 교도…….”

“에리스교와는 전혀 상관없잖아요! 방해되니까 저쪽에 가 있어요!”

나는 두 사람을 쫓아낸 후 바닥에 주저앉은 언니를 안심시키기 위해 미소를 지었다.

“언니는 다친 곳이 없나요? 이 여관의 피해가 간식을 강탈당한 정도로 끝나서 다행이에요.”

하지만 절망에 찬 표정을 짓고 있던 이 언니는 두 손으로 얼굴을 가리며 고개를 세차게 저었다.

“이제 다 틀렸어! 끝이야! 슬라임이 나오는 여관이라는 게 알려지면, 손님의 발길이 끊길 게 뻔해!”

“공포의 대왕이 나왔다면 몰라도, 겨우 우뭇가사리 슬라임이 나왔다고 손님이 줄지는 않을 거예요.”

우뭇가사리 슬라임이란 생물은 인체에 해를 끼치지 않는다.

하지만 이 언니는 여전히 고개를 저었다.

“하지만 슬라임 알레르기가 있는 손님이 있을지도 모르잖아? 아아, 이걸로 이 여관은 망했어……. 역시 여관을 잇지 말고, 그냥 병아리 감별사로 스카우트 제안을 받았을 때 오케이할 걸 그랬어……. 하지만 딱 하나, 이 여관이 살아남을 방법이 있을지도 몰라……”

그렇게 말한 이 언니는 자기 이야기를 계속 들어달라는 듯이, 손가락 사이의 틈으로 나를 힐끔힐끔 쳐다보았다.

참고로 나는 병아리 감별사 스카우트 이야기가 더 신경 쓰였다.

“지나가던 아름다운 꼬마마녀 아가씨가, 때때로 가게를 봐주기만 해도 단골이……. 아, 앗, 기다려! 내 말 좀 들어봐!"
그러고 보니 이 마을에는 아쿠시즈 교도가 잔뜩 있었다.
여관에서 도망친 나는 종교 관계자 두 사람에게 한 소리 하려고—.
"메구밍 양, 저쪽에서 비명이 들렸어!"
"우물쭈물하지 말고 빨리 가봅시다, 메구밍 양! 아르칸레티아의 평화를 지키는 것이야말로 아쿠시즈 교도의 소임이에요!"
"저는 아쿠시즈 교도가 아니거든요?! 잡아당기지 마세요! 아, 알았어요, 따라갈게요! 가면 되잖아요!"
흥분한 두 사람이 나를 다음 사건 현장으로 연행했다.

"—즉, 널어놨던 속옷을 누군가가 훔쳐갔다는 건가요?"
"그래요……. 아끼는 속옷인데……."
다음 피해자는 몸매가 좋고 젊은 유부녀였다.
그녀가 마당에 널어둔 속옷이 사라졌다고 한다.
"참고삼아 묻는 건데, 어떤 색깔의 속옷이었지요? 그리고 사모님의 신체 사이즈도 알려주셨으면 합니다."
"상세한 이야기는 제가 들을 테니까, 제스터 씨는 저쪽에 가 있어요!"
나는 진지한 표정으로 그런 질문을 하는 제스터를 쫓아내려고 했지만—.

"메구밍 양, 장난이나 칠 때가 아닙니다! 젊은 여성이 피해를 입었단 말이에요!"

"어?! 죄, 죄송해요. 제가 오해를 했나 봐요……."

아무래도 제스터는 진심으로 이 여성을 걱정하는 건지, 진지한 표정으로 나를 꾸짖었다.

이 마을을 맡은 사람으로서 이런 상황에서는 장난을 치지 않는 것 같았다.

"그럼 참고삼아 다른 속옷을 보여주셨으면 합니다. 그리고 범인을 유인하기 위해, 지금 입고 있는 신선한 속옷을 빌려주셨으면……."

"저의 사죄를 돌려주세요!"

내가 제스터의 어깨를 움켜잡고 흔들 때 현장 검증을 하고 있던 세실리가 이렇게 외쳤다.

"제스터 님, 이것 좀 보세요!"

세실리가 그렇게 말하며 가리킨 것은 바로 세탁물 옆에 놓인 봉지와 편지였다.

두 사람은 서로를 쳐다보며 고개를 끄덕인 후, 개봉된 편지를 읽었고—.

"『이 돈은 속옷 값입니다. 모자라다면 말씀해 주십시오. 아쿠시즈 교단 프리스트, 클레인』…… 이게 대체 무슨 소리일까? 뭐라는 건지 하나도 모르겠네."

"이 사건은 미궁에 빠져버릴 것 같군요. 뭐, 범인은 아마 슬라임일 겁니다."
"저는 잠시 경찰서에 다녀올게요. ……어이, 두 사람 다 내 몸에서 손을 떼라!"

2

그 후로 한동안 마을을 돌아다니면서 슬라임 몇 마리를 제거한 우리는 공원 벤치에 앉아 휴식을 취했다.
"설마 슬라임 피해가 이렇게 확산되고 있을 줄은 몰랐어……."
세실리는 심각한 표정을 짓고 그렇게 중얼거렸다.
"저희가 사태를 가벼이 여긴 것 같군요. 이제 어떻게 하면 좋을까요……."
제스터 또한 심각한 표정을 지으며 대답하자 나는 그 두 사람을 향해 이렇게 말했다.
"이 마을에서 발생한 문제의 8할 가량이 아쿠시즈 교도 짓이었는데요."
세실리는 내 말을 듣더니 온화한 미소를 머금었다.
"……이 세상에는 말이지? 밝혀지지 않는 편이 모두가 행복해지는 진실도 있어. 메구밍 양도 자신이 친 사고를 남한테 떠넘긴 적이 있지 않아?"
"말도 안 되는 소리 좀 하지 말아줄래요? 저는 그런 적이…….”

반론을 하려던 순간, 홍마의 마을에서 일어난 폭렬 소동을 여자 악마에게 떠넘겼던 것이 생각났다.

“……뭐, 속옷을 훔친 그 사람도 엉엉 울면서 돌려주긴 했죠. 반성을 한 것 같았으니까, 그냥 눈감아 주도록 할까요…….”

“그 남자가 운 건, 손에 넣은 속옷을 돌려줘야 했기 때문일걸? 아쿠시즈 교도에게는 반성이라는 말 자체가 존재 안 해.”

“사람이 대충 얼버무리고 넘어가려 하는데, 그렇게 말꼬리를 잡아야겠어요?”

나와 세실리가 말다툼을 벌이려던 바로 그때였다.

“와이번! 와이번이 토벌됐어~!”

마을 입구에서 그런 목소리가 들렸다.

와이번이라면, 순혈 드래곤만큼 강하지는 않아도 거대한 체구로 하늘을 날며 맹독이 분비되는 꼬리로 사냥감을 공격하는 강적이다.

이 인근에는 액셀 마을과는 비교도 안 될 만큼 강한 몬스터가 우글거린다고 들었지만 설마 그런 거물이 토벌되다니…….

“와이번을 잡은 건 여자애들이야! 홍마족 여자애와 금발 로리가 토벌했다고!”

—마을 입구에 가보니 그곳에는 와이번의 거대한 몸이 지면에 쓰러져 있었다.

그런 와이번을 둘러싸듯 구경꾼들이 몰려 있었고 그들의 중심에는—.

“당신들, 대체 뭘 하고 있는 거죠? 마을 안의 슬라임을 토벌해야 할 사람들이 왜 마을 밖에 나가서 와이번을 해치운 거냐고요.”

“어, 어쩔 수 없잖아. 마을 안을 아무리 돌아다녀도 슬라임이 한 마리도 보이지 않았단 말이야. 그때, 안내를 해주던 아쿠시즈 교도의 도적 직업 분이 마을 밖에서 거물 몬스터의 기척이 느껴진다고 해서…….”

슬라임이 한 마리도 보이지 않았다?

그건 이상했다. 우리는 이미 슬라임을 몇 마리나 제거한 것이다.

아니, 어쩌면—.

“이리스, 질문이 있어요. 당신은 지금 레벨이 얼마인가요?”

나는 구경꾼들에게 둘러싸여 우물쭈물하고 있는 아이리스에게 귓속말로 물어보았다.

“저 말인가요? 마왕군과의 결전에 대비해서 요즘 들어 경험치가 가득 들어있는 식재료만 먹었으니까, 곧 레벨이 60을 넘을 것 같아요…….”

나는 그냥 못 들은 척 하기로 했다.

아무튼 아이리스와 융융이 마을 안에서 슬라임과 마주치지 않은 이유는 판명됐다.

약한 몬스터는 강자의 기운을 감지하면 다가가지 않는다.

그러니 이 두 사람이 슬라임을 제거하는 건 어려우리라…….

"그런데, 우리가 와이번을 사냥하는 사이에 메구밍은 뭘 했어?"

"우뭇가사리 슬라임을 처리하거나, 아쿠시즈 교도가 친 사고의 뒤처리를 했어요. 원래라면 마을 안에 출몰하는 슬라임은 당신들이 처리했어야 하거든요?"

수많은 마왕군 간부를 해치운 내가 왜 우뭇가사리 슬라임 같은 거나 잡으러 다녀야 하는 걸까.

"흐, 흐음. 그랬구나. 메구밍 앞에는 슬라임이 나타났던 거네. 에헤헤. 그럼 슬라임은 우리 파티를 두려워했지만, 메구밍의 파티는 만만……."

"우랴아아아아아아압!"

"꺄아아아아아아아앗!"

나는 해선 안 되는 말을 늘어놓으려고 한 융융의 가슴을 힘껏 움켜쥐었다.

"슬라임이 두려워한 건 당신이 아니라 이리스예요! 저와 융융은 레벨이 비슷하잖아요! 자기들끼리 와이번을 사냥해서 그렇게 좋아요?! 저도 저런 거물을 해치우고 싶단 말이에요!"

"알았어! 내가 잘못했으니까 가슴 좀 움켜쥐지 마!"

나이에 걸맞지 않게 풍만한 융융의 가슴을 형태가 달라질 정도로 세게 움켜쥐자, 그녀는 비명을 질렀다.

"메구밍 양, 메구밍 양! 방금 미소녀의 입에서 가슴이라는 단어가 튀어나온 것 같은데 말이죠!"

"맞아요. 튀어나왔어요. 융융이 목청껏 외쳤죠."

"그만해! 사과할 테니까 제스터 씨를 자극하지 마!"

얼추 분이 풀린 나는 앞으로의 일을 생각했다.

우리가 해야 할 일은 우뭇가사리 슬라임 제거였으나 효율이 좋지 않았다.

"언니는 슬라임을 개량할 수 있죠? 그럼 슬라임의 생태도 잘 알겠네요? 이 마을에 흩어져 있는 슬라임들을 한 자리로 모을 방법이 없을까요?"

"글쎄. 이 마을에 출몰하는 슬라임과 나는 딱히 상관이 없지만, 그래도 나는 슬라임에 관해 꽤 박식한 편이야. 내 지식에 따르면, 슬라임은 미소녀를 좋아해."

미소녀…….

"으음, 슬라임에게는 미각이 있나요? 그리고 우뭇가사리 슬라임은 고기를 먹나요? 채소를 훔친 건 기억해요."

"메구밍 양, 무슨 소리를 하는 거야? 슬라임은 미소녀에 환장하거든? 슬라임은 미소녀를 보면 본능적으로 점액 범벅으로 만들려고 해."

이 언니는 제정신인 걸까.

"오호라, 역시 세실리 양은 대단하군요. 이 제스터는 이해했습니다. 배관과 이어져 있는 목욕탕에 메구밍 양을 비롯한 미소녀들을 모아둔다. 그리고 본능에 따라 몰려든 슬라임들을 한꺼번에 해치운다. 이런 작전인 거지요?"

"맞아요, 제스터 님. 다행히 아쿠시즈 교단의 본부에는 예전에 메구밍 양이 폭렬마법으로 만든 암반 목욕탕이 있어요. 지금은 성수의 채취 시설로 쓰이는 그곳에서 메구밍 양 일행이 성수 목욕을 한다면, 슬라임들이 몰려들 거예요."

진지한 표정으로 저런 소리를 지껄이고 있는데, 진짜로 제정신인 걸까.

"그럼 아쿠시즈 교단의 최고 레벨 아크 프리스트인 제가 책임지고 메구밍 양 일행을 지키도록 하겠습니다."

"아뇨, 제스터 님. 슬라임이 좋아하는 건 미소녀예요. 미소녀들이 꺄아꺄아~ 우후후~ 하고 있는 낙원에만 슬라임들이 몰려들겠죠. 그곳에 꾀죄죄한 아저씨가 섞여 있다간 슬라임이 얼씬도 하지 않을 거예요. 그러니 그녀들을 지키는 역할은 저에게 맡겨주세요."

"세실리 양, 무슨 소리를 하는 겁니까. 아저씨가 안 된다면, 미『소녀』가 아닌 당신도 섞이면 안 될 텐데요? 뭐, 이만큼이나 미소녀들이 모였지 않습니까. 아저씨나 언니 한두 명이 섞여 있어도 아마 괜찮겠지요."

진지한 표정으로 바보 같은 소리를 늘어놓던 두 사람은 고개를 끄덕인 후―.

"그럼 메구밍 양."

"결론이 났어요."

"제가 자초한 거나 다름없으니 일단 하겠지만, 두 사람은 목욕탕 밖에 있어주세요."

3

아쿠시즈 교단의 대교회.

교단 본부인 이 장소에는 커다란 암반 목욕탕이 있다.

옛날에 신세를 졌던 세실리에게 답례 삼아 내가 폭렬마법으로 만든 이 목욕탕은 아르칸레티아를 한눈에 내려다볼 수 있는 노천 목욕탕이다.

진짜로 전망 하나는 최고지만―.

"아아아아아아아아아아아아!"

"아가씨, 대화로 풀자! 얼마를 주면 돼?!"

"이리스 양! 비켜만 준다면, 아쿠시즈 교단의 세례를 받게 해주겠습니다! 그 뿐만 아니라, 아쿠시즈 교단 최고 책임자의 자리를 넘겨드리지요!"

"이 언니는 같은 여자니까 들여보내줘! 부탁이야아아아!"

목욕탕 밖에서는 아쿠시즈 교도들의 절규가 들려왔다.

이곳으로 이어지는 탈의실의 문은 아이리스가 지키고 있었다.

우뭇가사리 슬라임이 두려워하는 아이리스는 더 먼 곳에 있는 편이 낫겠지만 아쿠시즈 교도를 막아줄 사람은 그녀뿐이었다.

"여러분, 목욕탕을 훔쳐보는 건 범죄거든요?"

"아아아아, 이리스 양! 바른 말을 늘어놓으며 그렇게 순수한 눈길로 쳐다보지 마! 이 언니의 마음속 어둠이 비명을 지른단 말이야!"

아무래도 아이리스는 우리와 같이 목욕을 하겠다며 떼를 쓰고 있는 세실리를 설득하고 있는 것 같았다.

"……저기, 메구밍. 이게 진짜로 필요한 일이야? 목욕을 하니 기분은 좋지만, 장소가 장소라 그런지 마음을 놓을 수가 없는데……."

"다른 방법이 없으니 어쩔 수 없잖아요. 저도 이런 방법으로 슬라임을 낚을 수 있을 거라고 생각하지는 않아요. 뭐, 모처럼 아르칸레티아에 왔잖아요. 온천은 아니지만 호사스럽게 성수 목욕이라도 하죠."

바위 욕조에 들어간 나와 융융은 작게 한숨을 내쉬었다.

현재 아르칸레티아에서는 온천수 대신 최상급 성수가 샘

솟고 있다.

한때 온천물이 샘솟지 않게 되면서 아르칸레티아의 존속 자체가 우려됐지만, 성수를 병에 담아서 파는 것만으로도 떼돈을 벌 수 있는 상황이 되면서 지금 이 마을은 거품 경제 상태였다.

"이럴 줄 알았으면 춈스케도 데려올 걸 그랬어요. 그 애는 요즘 들어 목욕을 좋아하거든요."

"전부터 생각했던 건데, 그 애는 절대 고양이가 아냐."

우리가 이런 이야기를 나누고 있을 때 욕실의 문이 열렸다.

그리고 수건을 몸에 두른 세실리가 문 뒤편에 몸을 반쯤 숨긴 채 뭔가 할 말이 있는 눈길로 우리를 쳐다보았다.

"……내가 엉엉 우니까 이리스 양이 보다 못한 건지, 「메구밍 씨와 융융 씨가 괜찮다고 하면 허락할게요」라고 말했어……."

다 큰 어른이 나보다도 어린 여자애에게 엉엉 울면서 애걸복걸을 한 건가…….

"뭐, 이상한 짓을 안 하겠다고 맹세한다면야……."

"만세~."

세실리는 재빨리 자기 몸에 물을 끼얹은 후 행복한 표정으로 욕조 안에 들어왔다.

그리고 성수에 몸을 담근 세실리가 미심쩍다는 듯이 고개를 갸웃거렸다.

"……어? 내가 액셀 마을에 파견되기 전보다, 성수의 효력이 약해진 느낌이 드는데…….”

“사고뭉치인 아쿠시즈 교도에게 드디어 천벌이 내린 것 아닐까요?”

“메구밍 양, 말이 너무 심하잖아. 그래도 진짜 이상하네. 왠지 물에 불순물이 섞인 것 같아…….”

평소 같으면 그냥 흘려듣겠지만 아쿠시즈 교도의 이런 감은 의외로 잘 맞는 편이다.

“이 성수는 원래 온천물이 샘솟던 원천(源泉)에서 나오는 거죠? 그곳에 이상한 게 눌러앉은 것 아닐까요?”

“으음, 성수를 더럽히려면 맹독이라도 뿌려야 할 텐데…….”

행복한 표정으로 물에 몸을 담그고 있던 융융이 불쑥 입을 열었다.

“세실리 씨가 기르던 우뭇가사리 슬라임이 변이한 걸지도 모르겠네…….”

세실리는 그 말을 듣고 몸을 부르르 떨었다.

“에, 에이. 말도 안 돼, 융융 양. 우뭇가사리 슬라임은 무해한 생물이거든? 청결하고, 육류를 안 먹는 데다, 맛도 좋아. 내가 사랑하는 우뭇가사리 슬라임한테, 그런 일이 일어날 리가…….”

세실리는 환한 미소를 짓고 그렇게 말했다.

하지만 그녀의 흔들리는 시선을 보자 나는 불안이 엄습했다.

"……혹시 모르니, 원천에 가보죠."

"싫어어어어어어!"

—방긋방긋 웃고 있는 제스터의 옆에 선 아이리스가 미안해하는 표정을 지으며 이렇게 말했다.

"여러분, 조심해서 다녀오세요. 도움이 되지 못해서 정말 죄송해요……."

교단 본부 뒤편에서 우리는 두 사람에게 배웅을 받으며 원천이 있던 장소로 향했다.

아이리스가 있으면 슬라임이 도망치기 때문에 그녀는 이곳에서 대기하기로 했다.

제스터는 우리와 함께 가지 않고 아이리스와 이곳에 남겠다고 말했다.

그는 아까부터 아이리스에게 아저씨라고 불릴 때마다 좋아 죽으려고 했다.

"이리스도 조심하세요. 아쿠시즈 교도가 당신의 반경 3미터 이내로 들어온다면, 남녀노소 불문하고 베어버려도 괜찮아요."

"메구밍 양? 저는 이미 그 범위 안에 있습니다만……."

제스터는 그렇게 말하면서 한사코 아이리스의 곁을 떠나지 않았다.

“혹시나 해서 말하는 건데, 사실 저 애는 고귀한 신분이에요. 아무리 제스터 씨라도, 저 애에게 이상한 짓을 했다간 목이 달아날걸요? 이건 허풍이 아니라 진짜거든요? 그러니까 잘 부탁해요.”

“사람은 하지 말라는 일은 더 하고 싶어지는, 그런 업을 짊어진 생물입니다만…….”

이 아저씨는 그냥 꽁꽁 묶어두는 편이 나을지도 모르겠다.

4

마을을 내려다보듯 존재하는 높이 솟은 산속.

험한 산길을 따라 올라간 끝에 도착한 원천이 있던 장소에, 그것이 있었다.

“역시 있네요. 우뭇가사리 슬라임이에요.”

“싫어어어어어!”

원천이 있던 장소의 주위에는 어느새 눈에 익은 우뭇가사리 슬라임들이 말캉거리고 있었다.

하지만 그것만이 아니었다.

우뭇가사리 슬라임에 둘러싸인 검고 조그마한 슬라임이 원천 앞에서 뭔가를 소화시키고 있었다.

“앗, 잠깐만 있어봐! 메구밍 양, 저기 좀 봐. 처음 보는 슬라임이 우리 애들에게 먹을 것을 훔쳐오라며 혹사시킨 거야. 즉, 나는 죄가 없어!"

"정말인가요? 지금까지의 흐름을 생각하면, 저 검은 슬라임도 세실리 씨와 관련이 있을 것 같은데요."

내 태클을 들은 세실리가 온몸을 부르르 떤 바로 그때였다.

우뭇가사리 슬라임이 가져온 음식을 먹어치우던 검은색 슬라임이 우리를 발견한 것 같았다.

"……?!"

슬라임 같아 보이는 그 거무튀튀한 무언가는 깜짝 놀라 숨을 삼키는 듯한, 그런 인간미 넘치는 포즈를 취했다.

"슬라임에 대해 잘 아는 언니? 저건 진짜로 슬라임이 맞나요? 지능이 있는 것처럼 보이는데요."

"뭐, 내 자식이거든. 이 언니가 개량한 거니까 지능을 지녔더라도 이상할 건 없어!"

방금까지 처음 보는 슬라임이라고 우기던 세실리는 뭔가가 생각난 것처럼 바로 태도를 바꿨다.

한편, 우리 중에서 가장 제대로 된 모험가인 융융은 표정을 굳혔다.

"잠깐만 있어봐! 독 느낌 물씬 나는 저 검은색 슬라임은 설마……!"

우뭇가사리 슬라임의 변종을 보고 융융의 몸 안에 있는 홍마족의 피가 눈뜬 것 같았다.

"융융도 눈치챘나 보군요. 그래요. 저건 홍마의 마을에 전해져 내려오는, 그 전설의……!"

"왜 갑자기 이상한 소리를 하는 거야?! 저건 슬라임 중에서도 특히 위험한……."

내 말에 융융이 벌컥 화를 낸 순간, 검은색을 띈 무언가가 꿈틀거렸다.

"호오? 저 소녀는 내가 누군지 아는 건가……."

""""말을 했어?!""""

시꺼먼 무언가가 갑자기 말을 하자 우리는 경악했다.

"언니, 우뭇가사리 슬라임이 말을 했어요! 저딴 걸 만들어 내면 어떻게 하냐고요! 그것보다, 슬라임한테도 뇌가 있는 거예요?!"

"뇌도 뇌지만, 대체 어떻게 목소리를 내는 걸까?! 그것보다 내 재능이 너무 무서워……. 설마 내 우뭇가사리 슬라임이 이런 진화를 이룰 줄은 꿈에도 몰랐어……!"

"두 사람 다 그런 걸로 놀랄 때가 아니잖아!"

우리가 난리법석을 피우는 가운데, 융융만 경계심을 품었다.

"인간형도 아닌데 사람 말을 할 수 있는 건 상위 몬스터뿐이야. 너는 대체 정체가 뭐야?!"

융융은 허리춤에서 지팡이를 뽑아들더니 그것을 내밀며 전투 태세를 취했다.

"……정체, 라……. 솔직하게 말하자면, 나도 내가 누구인지 모른다. 하지만……"

"융융 양, 저건 내 자식이야! 나도 모르는 사이에 내가 낳은 애가 분명해! 저 애는 우뭇가사리 슬라임 아종인…… 채피! 그래, 저 애는 오늘부터 채피야!"

세실리는 심각한 목소리로 무슨 말을 하려고 하던 슬라임에게 채피라는 이름을 붙여줬다.

하지만 채피는 한순간 생각에 잠기는 반응을 보이더니—.

"어렴풋한 기억 속에 남아 있는 내 이름은 채피가 아니다. 그리고 우뭇가사리 슬라임 같은 어처구니없는 종족명도……."

"채피, 착하지? 이런 데서 놀지 말고 나와 함께 돌아가자, 채피! ……메구밍 양, 말하는 슬라임이라면 호사가들이 엄청 관심을 가질 거야. 이 언니는 부자가 될 지도 몰라. 일이 잘 풀리면 이 언니와 데이트하자. 응?"

세실리는 채피를 호사가에게 팔아치우기로 작정한 것 같았다.

그리고 나는 세실리에게 데이트 신청을 받았다.

데이트를 하게 된다면 맛있는 거라도 얻어먹어야겠다.

"정말 시끄러운 여자구나! 나는 채피가 아니다! 란스나 빈스와 비슷한 이름이었단 말이다!"

채피는 항의를 하면서 만두만 한 크기의 조그마한 몸을 부르르 떨었다.

"왜 그래? 채피가 훨씬 귀여운 이름이잖아! 메구밍 양, 어쩌면 좋아? 채피가 반항기야!"

"잘은 모르겠지만 진정하세요, 채피 씨. 채피라는 이름도 충분히 멋지다고 생각해요."

"홍마족에게 이름을 칭찬받아봤자 하나도 기쁘지 않아! ……홍마족? 그래, 홍마족이야!"

갑자기 격앙된 채피는 뭔가를 눈치챈 반응을 보였다.

"두 사람 다 뒤로 물러나! 저 슬라임은 만지면 안 돼! 틀림없어! 저건 물리 공격과 마법에 강한 내성을 지녔고, 닿기만 해도 즉사하는 맹독을 지닌 흉악한 몬스터……!"

홍마족의 피 때문인 건지, 융융이 아까부터 흥분을 감추지 못했다.

……아니, 흥분한 것은 융융만이 아니었다.

"나는 어째서 홍마족이라는 명칭을 아는 거지? 왜 홍마족의 네이밍 센스가 이상하다는 것을 아는 거지……? 나는 대체 정체가 뭐야……."

자신의 존재를 확인하려는 듯이 채피는 자문자답을 반복했다.

"융융 양, 어떻게 책임질 거야? 갓 태어난 채피가 홍마족에게 영향을 받았잖아."

"홍마족에게 물든 슬라임도 꽤 멋지지 않나요? 그건 그렇고, 융융의 설정은 꽤 무르네요. 기왕이면 좀 더 절망적인 능력을 부여해주자고요. 거대해질 수 있다거나, 빔을 쏜다거나, 아니면 인간으로 변신할 수 있다는 것도 좋겠네요."

"두 사람 다 정신 좀 차려! 이 슬라임은 진짜로 위험하단 말이야!"

눈이 붉게 빛나고 있는 융융이 시끄럽게 떠들어대는 가운데, 채피는 뭔가가 생각난 것처럼 몸을 부르르 떨었다.

"내가 위험하다고……? 그래, 과거의 나는 강했지. 저기 있는 홍마족이 말했다시피, 내 몸에 닿은 모든 적의 숨통이 끊겼다. 내가 쳐다보기만 해도 다들 공포에 떨며 길을 비켰어……."

"메구밍 양, 흥분한 저 두 사람처럼 우리도 그럴 듯한 말 좀 하는 게 좋을까? 채피가 옛날에는 자기가 날선 나이프 같았다는 소리를 늘어놓잖아. 흑역사를 만들기 전에 말리는 편이 나으려나……?"

"쉿~. 지금 이야기가 재미있게 흘러가고 있으니까 잠시만 더 지켜보죠. 아마 저 두 사람은 과거에 격렬한 사투를 벌였던 사이, 같은 설정이 있을 거예요."

우리는 대치중인 융융과 채피를 멀찍이서 쳐다보기로 했다.

"그런 내가 왜 이런 곳에 있지? 왜 슬라임들에게 먹이를 가져오라고 시키는 거지? 거의 다…… 거의 다 생각이 났는데……!"

"잘은 모르겠지만, 너는 위험한 존재니까 이런 곳에 있으면 안 돼! 사람에게 해를 끼치지 않겠다고 맹세하고, 숲으로 돌아간다면 그냥 보내주겠어!"

두 사람이 심각한 분위기를 유지하자 왠지 따돌림을 당하고 있는 느낌이 들었다.

채피는 융융의 말을 듣고 잠시 동안 꼼짝도 하지 않더니—.

"그 말은 흘려 넘길 수 없군. 아무래도 나는 뜨거운 물이 샘솟는 이 장소에 볼일이 있는 것 같다. 이 땅을 더럽히는 것이 내 사명이라는 건 기억하고 있지. 게다가……."

슬라임 주제에 멋진 연기를 선보이고 있는 채피가—.

"게다가, 『그냥 보내주겠다』?! 네 녀석이 홍마족이라는 걸 안 이상, 나야말로 너를 눈감아줄 수 없다! 나는 홍마족과 아쿠시즈 교도가 딱 질색이거든!"

대치중인 융융을 향해 그렇게 외쳤다.

전투력이 전무한 우뭇가사리 슬라임 주제에 근성이 꽤 있었다.

"메구밍 양, 내가 채피를 잘못 기른 걸지도 모르겠어. 저 애, 홍마족을 싫어한다잖아."

"아쿠시즈 교도도 싫어한다네요. 지금까지 육아를 내팽개쳤기 때문에 이렇게 된 거예요."

바로 그때였다.

"그래. 내가 홍마족과 아쿠시즈 교도를 왜 싫어하는지 생각났어! 그래! 전부 생각났다고!"

채피는 지금이 가장 중요한 순간이라는 듯 자신의 몸을 부르르 떨면서……!

"나는 데들리 포이즌 슬라임이자 마왕군 간부! 내 이름은……."

"나는 액셀 제일의 마법사이자 홍마족! 내 이름은 메구밍!"

"……메구밍 양? 분위기에 휩쓸려서 끼어들고 만 거지? 하지만 다른 사람의 말을 함부로 끊는 건 좋지 않아."

나는 흥분한 채피가 늘어놓는 말을 방해하고 말았다.

"죄송해요. 제 몸에 흐르는 홍마의 피가 끓어오른 바람에……. 채피 씨, 하던 말 계속하세요."

"네놈들은 아까부터 대체 뭘 하는 거냐! 방해를 할 거면 꺼져라! ……잠깐만, 네 녀석은 눈에 익어!"

아까부터 내가 계속 방해를 한 탓인지 채피는 나를 걸고 넘어지기 시작했다.

"언니, 저도 어울려주는 편이 좋을까요? 좀 안이할지도 모르지만, 저와 채피가 전생에 라이벌이었다는 건 어떨까요?"

"그러면 현세의 라이벌인 융융 양이 불쌍하잖니. 그냥 채피는 메구밍 양과 생이별을 한 아버지인 게 좋지 않을까?"

"그러면 홍마의 마을에 있는 제 아버지가 불쌍할 것 같아요. ……채피 씨는 어느 쪽이 나을 것 같나요?"

"아무래도 상관없다! 그것보다 네 녀석은 잊은 거냐?! 지금은 이렇게 몸집이 작아졌지만, 네 녀석은 예전에 나와 사투를 벌였잖아!"

채피는 몸을 부들부들 떨면서 호소했다.

"사투 같은 소리를 늘어놓는 걸 보면, 전생의 라이벌 설정이 마음에 드나 봐요."

"나는 아버지 설정이 좋은데 말이야. 자신이 슬라임이라는 사실을 안 메구밍 양이 절망에 빠지고 타락하는 거야. 그리고 마지막에는 성녀인 내 기도 덕분에 정신을 차린 후, 영원토록 함께 사는 거지."

타락이라는 말이 좀 끌리지만 마지막 전개가 마음에 안 든다.

""어떻게 생각해?""

"이, 이 자식들, 적당히 좀……!"

나와 세실리가 채피에게 질문을 던진 바로 그때였다.

"『인페르노』!"

융융의 목소리가 주위에 울려 퍼지더니 활활 타오르는 업화(業火)가 피어올랐다.

그 불꽃은 주위에 모여 있던 우뭇가사리 슬라임 무리, 그리고 채피의 조그마한 몸을 집어삼켰다.

"채피이이이잇!"

그 광경을 본 세실리가 눈물을 흘리며 비명을 질렀다.

"세, 세실리 씨, 죄송해요……. 하지만 저 슬라임은……."

융융은 미안해하면서 몸을 움츠렸다.

세실리는 저 슬라임에게 채피라는 이름을 붙여줬다.

아무리 우뭇가사리 슬라임이라고 해도 애착을 가지고 있을 것이다.

내가 엉엉 울고 있는 세실리를 위로하기 위해, 그녀의 등을 쓰다듬어주려고 한 순간—.

"으, 흑……. 한몫 잡을 수 있었는데……. 채피는 비싸게 팔아치울 수 있었는데……. 그 돈으로 메구밍 양과 데이트하고 싶었는데……. 그리고 살이 통통하게 오른 우뭇가사리 슬라임들도 전부 사라졌어……."

"방금까지 명연기를 펼친 채피도 성불은 못하겠네요. 그리고 사방팔방을 돌아다닌 우뭇가사리 슬라임은 더러우니까 먹으면 안 돼요."

내가 그런 말을 하는 사이, 지면을 뒤덮고 있던 불꽃이 잦아들었다.

……그리고, 주위에서 쩌적 하는 소리가 들렸다.

고열에 의해 유리로 변한 지면을 누군가가 밟은 것이다.

"홍마족답게 상당한 위력이군. 하지만 마왕군 간부인 한……."

"살아있어요! 살아있다고요, 언니! 채피가 아직 살아있어요!"

"만세~."

무사한 채피를 본 나와 세실리는 손을 맞잡으며 기뻐했다.

"왜 기뻐하는 건데?! 심각한 상황이니까 정신 좀 차려!"

"내 이름을 밝히는 걸 방해하지 말란 말이다! 이익, 됐다! 우선 나를 공격한 너부터 해치워주마! 그 후에는 나를 산산이 조각냈던 저 꼬맹이를 해치워주지!"

저 꼬맹이라는 건 나를 말하는 걸까.

설마 우뭇가사리 슬라임이 나한테 시비를 걸 줄은 생각도 못했다.

"인페르노를 견뎌낸 걸 보면, 평범한 데들리 포이즌 슬라임이 아냐! 그렇다면……『라이트닝 스트라이크』!!"

융융이 그렇게 외친 순간, 한줄기 번개가 채피의 몸에 정통으로 꽂혔다.

채피의 조그마한 몸이 부르르 떨리고 연기가 뿜어져 나왔지만 그래도 방금 마법을 견뎌낸 것 같았다.

"나이에 걸맞지 않게 마법의 위력이 상당하군. 하지만 상대가 나빴다! 상급 마법으로는 나를 해치울 수 없어!"

그렇게 외친 채피는 누군가가 던진 공처럼 융융을 향해 날아갔다.

그리고 채피가 몸에 닿기 직전, 융융은 몸을 던지듯 바닥을 굴렀다.

"메구밍 양, 메구밍 양! 우리 채피와 융융 양이 긴장감 넘치는 배틀을 벌이고 있어!"

"저 애는 성격이 좋거든요. 오랫동안 친구가 없었던 만큼, 슬라임이 자기와 놀아주는 게 기쁜 거겠죠."

"그런 게 아냐! 필사적으로 공격을 피하는 걸 보고도 모르겠어?!"

저렇게 조그마한 채피와 부딪쳐도 별반 대미지는 없겠지만 아까 전의 채피에게 닿으면 죽는다는 설정을 열심히 지키고 있는 것 같았다.

그런 융융은 또 자신을 향해 날아오는 채피를 지팡이로 힘껏 때렸다.

"채피가 저렇게 먼 곳까지 날아가 버렸네……. 융융 양은 참 즐거워 보여."

"맞아요. 채피와 노는 게 참 즐겁나 보네요, 융융."

"이제 그만 도와달란 말이야아아아아앗!"

울상을 지은 융융이 거친 숨을 내쉬며 지팡이를 고쳐 쥐는 사이, 채피가 통통 지면을 튀면서 돌아왔다.

그러고 보니—.

"언니, 채피는 좀 강한 것 같지 않아요? 융융은 홍마족의 차기 족장이에요. 저의 라이벌을 자처하는 저 애가 슬라임을 한 방에 해치우지 못하는 건 좀 이상하네요."

"슬라임 분말을 오랫동안 아쿠시즈 교단 본부에 숨겨뒀으니까, 아쿠아 님의 가호 같은 걸 받은 걸지도 몰라."

아하.

"즉, 채피는 아쿠시즈 교도인 거네요. 그렇다면 저렇게 끈질긴 것도 납득이 돼요."

"어이, 나한테 그런 불명예스러운 딱지를 붙이지 마라! 그리고 네 녀석은 이제 그만 내 정체를 눈치채란 말이다!"

아쿠시즈 교도로 여겨지는 것만큼은 그냥 넘어갈 수 없는 듯한 채피가 나에게 주의를 쏟은 바로 그때였다.

"『커스드 크리스털 프리즌』!"

"으윽?!"

경악한 채피는 융융이 만들어낸 얼음 감옥에 그대로 갇히고 말았다.

……으음, 슬라임이 얼어붙어버린 이 광경이 왠지 마음에 걸렸다.

"방심했나 보네. 하지만 홍마족이란 이름을 짊어진 자로서, 나도 간단히 당해줄 수는 없어!"

"하하, 꼬맹이라 얕봤더니 꽤 하는구나! 그럼 본격적으로 사투를 시작하기 전에, 이름을 들어두도록 할까……!"

나는 과거를 돌아보지 않는 여자다.

하지만 채피의 목소리가 왠지 귀에 익은데…….

그래도, 뭐…….

"내 이름은 융융! 아크 위저드이자, 상급 마법을 사용하는 자. 홍마족 제일의 마법사이자 차기 족장! ……지금까지는 싸우기 전에 자기소개를 하는 것에 거부감을 느꼈지만……. 의외로 나쁘지 않은 느낌이 들어……."
"하하, 나쁘지 않은 자기소개구나! 그건 그렇고, 네 녀석이 차기 족장인 거냐. 강할 만도 하군! 좋다. 예의에는 예의로 답해야겠지. 가르쳐주마. 내가 부활의 순간까지 무엇을 했는지를, 그리고 폭렬마법을 맞고도 어떻게 지금까지 살아남았는지를! 그건 바로……."

우뭇가사리 슬라임이 싸움을 걸어온다면 홍마족으로서 받아줄 수밖에 없다.
나는 지팡이로 채피를 겨누고—.

"『익스플로전』—!!!!!"
"너 대체 뭐하는 거야아아아아아아아아앗~!!!!!"

5

우리는 채피를 처리한 후 아쿠시즈 교단 본부에 경과보고를 하러 갔다.

"세실리 씨의 우뭇가사리 슬라임이 정체불명의 진화를 거듭한 끝에……."

"메구밍 양, 멈춰어어어어어엇! 역시 채피는 이 언니의 애가 아닌 걸 같아! 차분하게 생각해보니 이상한 구석이 한두 군데가 아냐! 말을 했거든?! 반항기였거든?!"

"오늘은 절대 용서 못 해! 너는 왜 그렇게 눈치가 없는 거야?! 아아, 채피와 나의 결투가……!"

나는 두 사람의 말을 깔끔하게 무시하고 교회에 남았던 아이리스에게 말을 건넸다.

"저희를 기다리는 동안 이상한 장난을 당하진 않았나요? 베개를 눈물로 적실 필요는 없어요. 액셀 마을에 사는 악랄한 여자 검사(檢事)와 아는 사이거든요. 법적으로 대처할 준비는 완벽하게 되어 있어요."

"괜찮아요, 두목님. 이 아저씨가 자기는 나이 때문에 폐활량이 부족하니, 대신 풍선을 불어달라는 부탁을 받는 것 말고는……."

보물을 옮기듯 풍선을 소중히 안고 있던 제스터는 아이리스가 말을 마치기도 전에 내빼기 시작했다.

마력이 바닥나서 꼼짝도 못하는 나를 대신해 융융이 아무 말 없이 제스터를 쫓아갔다.

교회 구석에 몰려서 세상의 종말에 직면한 것 같은 표정을 짓고 있던 제스터가 결연한 표정을 짓고 풍선의 입 부분을 향해 얼굴을 내밀었고—.

“『라이트 오브 세이버』—!!!!!!”

“『디스펠 매직』!”

융융이 풍선을 향해 빛의 칼날을 휘두르자 제스터는 한 손을 내밀어서 그 칼날을 소멸시켰다.

“제스터 씨, 위험한 짓 좀 하지 마세요! 이 마법은 사용자의 힘만 충분하다면 그 어떤 것이든 다 베어버리거든요?! 하마터면 팔이 잘려나갈 뻔 했다고요!”

“그런 무시무시한 마법을 사람에게 쓴 융융 양에게는 그런 소리를 듣고 싶지 않군요! 미소녀의 숨결이 담긴 이 신기는 미래영겁 아쿠시즈 교단에서 숭상할 겁니다. 배교자여, 썩 꺼져라!”

“오늘 이렇게 부려먹어 놓고, 이제 와서 배교자라는 거야?! 더는 용서 못해! 그 풍선을 빨리 내놔!”

융융은 풍선을 찢기 위해 단검을 뽑아들고 발끈했다.

“……하아, 융융은 저보다 인내심이 없는 걸지도 모르겠네요. 그리고 당신은 이리스와 함께 와이번을 사냥했으니 됐잖아요. 저는 고작 우뭇가사리 슬라임 아종이나 잡았다고요.”

나는 의자에 털썩 앉으면서 융융에게 그렇게 말했고 세실리가 배시시 웃었다.

“메구밍 양, 메구밍 양. 오늘 슬라임 퇴치에 힘써준 답례로, 이 언니가 메구밍 양에게 좋은 걸 해줄게.”

"아, 아뇨, 괜찮아요. 신경 쓰지 마세요. 저와 언니 사이잖아요. 답례 같은 건 필요 없어요!"

마력이 바닥나서 꼼짝을 못하는 상태인 지금은 세실리가 장난을 쳐도 저항할 수 없다.

세실리는 미소를 머금고 나를 향해 오른손을 내밀더니—.

"『블레싱』!"

나에게 축복 마법을 걸어줬다.

"……으음, 좋은 거라는 게 이 마법인가요?"

"맞아. 메구밍 양에게 좋은 일이 있기를! 하는 마음을 담아서 걸어준 거야. 어머, 혹시 다른 걸 기대한 거야? 어머나, 메구땅 알라뷰우우우우우우~!"

"하아, 정말. 마력이 바닥나서 나른하니까, 들러붙지 마세요!"

나한테 들러붙어서 볼을 비빈 세실리는—.

"저기, 메구밍 양. 오늘 모험, 즐거웠어!"

그렇게 말하면서, 환한 미소를 지었다.

……모험이라고 할 정도는 아니라고 생각하지만…….

다 같이 이렇게 여행을 하는 게 재미없을 리가 없다.

"두목님, 저도 오늘 모험이 참 재미있었어요! 다음에 또 다 같이 모험을 해요!"

아이리스의 순진무구한 미소를 보고 독기가 빠진 나는 쓴웃음을 지으며 고개를 끄덕였다.

"—훈훈한 이야기로 끝내려고 하지 마! 오늘은 네가 생각을 바꿀 때까지 절대 용서하지 않을 거야!"

한참 동안 제스터를 쫓아다닌 끝에 아이리스의 숨결이 들어있던 풍선을 터뜨린 융융이 불같이 화를 내며 나에게 다가왔다.

엉엉 울면서 터진 풍선의 잔해를 모으고 있는 제스터가 왠지 안 됐다.

풍선의 입 부분도 단검으로 잘라낸 것 같았다.

미소녀와의 간접 키스…… 같은 문제발언을 중얼거리고 있는 제스터는 아무래도 철창신세를 제대로 지는 편이 좋을 것 같았다.

"사냥감을 빼앗은 건 미안하지만, 채피가 저한테 싸움을 걸었기 때문에 어쩔 수 없었어요. 융융이 빨리 해치우지 않으니까 그렇게 된 거잖아요."

"빨리는 무슨, 그 상황에서는 채피의 이야기를 들어주는 게 도리 아냐?!"

오늘 홍마족의 피가 아주 약간 깨어난 듯한데 그래도 융융은 아직 멀었다.

"카즈마가 전에 한 말인데, 한창 전투 중에 자기 이야기를 늘어놓는 녀석은 삼류래요. 자기가 벌인 악행을 저승길 선물이랍시고 늘어놓는 최종 보스도 마지막에는 결국 당하고 만대요. 만약 자기 이야기를 늘어놓는 최종 보스와 대치하게 된다면, 자기는 그 틈을 이용해 기습을 할 거랬어요."

"카즈마 씨는 한 번 제대로 혼쭐이 나봐야 한다고 생각해."

바로 그때였다.

너무 울어서 눈이 홍마족처럼 된 제스터가 우리 곁으로 왔다.

"거기 있는 배교자는 몰라도, 메구밍 양은 수고 많으셨습니다. 교단 최고 책임자로서 진심으로 감사드립니다."

"괜찮아요. 꽤 즐거웠거든요."

게다가 이 마을 사람들과는 모르는 사이도 아닌 것이다.

다소, 아니, 꽤 변태이기는 하지만 아쿠시즈 교도들도 근본까지 나쁜 사람은 아니라고 생각, 하고, 싶기는, 한데…….

내가 점점 자신감을 잃는 가운데, 제스터는 문뜩 잡담을 나누는 투로 물었다.

"그런데 메구밍 양. 당신 파티에 속해 있는 아쿠시즈교 아크프리스트 님은……. 하루하루를 편안히 보내고 계십니까?"

"아쿠아 말인가요? 너무 편안한 나머지, 하루의 절반가량은 잠만 퍼질러 자요. 매일매일 즐겁게 지내고 있죠."

그리고 기고만장해져서 까불다가 엉엉 울게 된다.

하지만 그것은 아쿠아의 명예를 지키기 위해 말하지 말자.

"그런가요. 그거 다행입니다."

제스터는 마치 소중한 손주의 근황을 들은 할아버지처럼, 안심한 것 같은 표정을 짓더니—.

"부디 메구밍 양과 당신의 파티 멤버들에게, 축복이 함께 하기를……."

그렇게 말하며, 온화한 미소를 머금었다.

6

그날 밤.

"다녀왔습니다~."

"우에에에에에엥~! 대체 몇 번이나 이겨야 직성이 풀리는 건데~?! 너, 속임수를 썼지?! 나의 이 맑디맑은 눈은 속일 수 없어!"

저택의 문을 열자 아쿠아의 울음소리가 나를 마중하듯 들려왔다.

"아, 어서 와~. 오늘은 꽤 늦었네. 어디에 놀러갔던 거야?"

엉엉 울면서 매달리는 아쿠아를 밀쳐낸 카즈마가 젠가에서 눈을 떼고 그렇게 물었다.

"오늘은 아르칸레티아에 다녀왔어요. 그곳에서 가볍게 모험을 했죠."

아쿠아는 내 말을 듣더니 울음을 그쳤다.

"저기, 메구밍? 왜 그렇게 즐거운 곳에 나를 데려가지 않은 거야? 아르칸레티아는 물의 도시잖아. 그리고 물 하면 바로 나거든? 거기 좀 앉아 봐. 너도 속임수를 쓴 카즈마와 함께 내 설교를 들어야겠네."

"아쿠아는 아르칸레티아에 출입이 금지됐잖아요."

아쿠아는 소파를 손바닥으로 두드리며 나한테 빨리 앉으라고 했다.

바로 그때, 융단에 앉아있는 춈스케를 손가락으로 희롱하며 놀고 있던 다크니스가 입을 열었다.

"아르칸레티아라면 나도 가고 싶구나. 거기 사는 정신 나간 집단에게 괴롭힘을 당하는 걸 나름 좋아하거든."

다크니스는 도저히 이해가 안 되는 소리를 늘어놓았다.

"저기, 다크니스? 우리 애들을 정신 나간 집단이라고 부르지 말아줄래? 세실리한테 들은 건데, 이 나라의 귀족들 중에는 홍마족이나 아쿠시즈 교도보다 더 이상한 녀석이 있대."

"무, 무슨 소리를 하는 것이냐! 어이, 아쿠아! 방금 네가 말한 그 세실리란 자를 데려와라! 귀족에 대한 편견을 내가 풀어주겠다!"

귀족 영애로서 방금 그 발언을 좌시할 수 없는 건지, 다크니스는 벌떡 일어나 그렇게 외쳤다.

"맞아. 잘 생각해보니 전반적인 게임을 다 잘하는 카즈마보다는 이런 쪽으로 약한 다크니스와 하는 편이 낫겠네. 저기, 다크니스. 나와 젠가를 하자. 한번 질 때마다 쓰레기 당번을 하루 바꿔주는 거야."

"호오, 손재주가 없는 나한테는 이길 수 있다고 생각하는 것이냐? 이런 건 손재주보다 두뇌가 중요하지. 좋다. 도전을 받아주마!"

아쿠아의 도발에 걸려든 다크니스가 젠가 앞에 앉았다.

"걸려들었구나, 다크니스. 이상한 속임수를 쓰는 카즈마라면 몰라도, 다크니스한테는 안 질 자신이 있어. 왜냐하면 나한테는 비책이 있거든."

"좋다. 그 비책이라는 걸 어디 한 번 보여 다오. 설마 카즈마처럼, 내가 지면 엄청난 요구를 하겠다는 소리를 하려는 건 아니겠지?"

"…………저기, 다크니스. 이제부터 내가 이 젠가를 예술적으로 쌓아볼게. 그걸 봐서 승부를 없었던 걸로 해주지 않겠어?"

"그럴 수는 없다."

두 사람이 젠가를 시작한 가운데, 마력이 거의 바닥난 상태인 몸을 억지로 움직여서 카즈마의 옆에 털썩 앉았다.

"오늘은 꽤 피곤해 보이는걸. 뭐, 아르칸레티아에 갔다면 어떤 일이 벌어졌을지 대충 예상이 되긴 해."

"……호오. 저의 무용담을 듣고 싶으신 건가요?"

"딱히 듣고 싶은 건 아냐."

카즈마는 융단에 앉아있던 촘스케를 안아들면서 그렇게 말했다.

"……저기, 아쿠아. 너는 왜 빼기 어려운 블록만 노리는 것이냐?"

"나도 모르겠어. 하지만, 고난도인 블록을 노려야 한다며 내 엔터테이너의 피가 울부짖거든. ……앗!"

"쓰레기 당번, 잘 부탁한다."

시끌벅적하게 떠들고 있는 저 두 사람이 신경 쓰였지만 나는 카즈마에게 오늘 모험을 이야기해줬다.

"오늘은 아르칸레티아에서 우뭇가사리 슬라임을 퇴치했어요. 이 슬라임이 의외로 방심할 수 없는 상대였는데……."

내일이야말로 이 사람이 나와 함께 모험해주기를 진심으로 바라면서—.

"다크니스, 한 번만 더 해! 방금 진 건 내 탓이 아냐! 이 저택에 눌러앉은 유령 여자애가, 젠가 안에서 손가락을 꼼지락거린 바람에……!"

제4화 마수의 숲에 검광을!

1

그날.

"이 남자는 진짜 못 말리겠네요! 이제 그만 포기하는 게 어때요?!

점심때가 다 되어 가는데도 이불 밖으로 한사코 나오지 않는 카즈마의 옆에서, 나는 그 이불을 손으로 두드려댔다.

그러자 카즈마는 이불 밖으로 얼굴만 쏙 내밀고 이렇게 말했다.

"내 고국에는 포기하는 순간 바로 시합 종료예요, 라는 유명한 말이 있어. 나는 그 말을 가슴에 품고 절대 포기하지 않을 거야."

"좋은 말이라고 생각하지만, 이럴 때 쓰는 말은 아닐걸요?! 오늘은 무슨 일이 있어도 저와 함께 모험을 해줘야겠어요!"

다시 이불 안에 쏙 들어간 카즈마는 내가 이불을 잡아당겨도 나오지 않았다.

하지만 나는 카즈마보다 완력이 훨씬 강하다.

저항해봤자 소용없—.

"『크리에이트 워터』."

"…………어이."

카즈마는 이불 안에서 손을 내밀더니 마법으로 나한테 물을 뿌렸다.

물에 흠뻑 젖은 내가 그대로 굳어버리자 카즈마는 또 얼굴만 내밀고 이렇게 말했다.

"나의 잠을 방해하는 자에게 재앙이 찾아오리라. 그대, 즉시 이 자리를 떠나지 않는다면 다음에는 크리에이트 어스로 더럽힐 것이니라."

"그럴듯한 목소리로 그런 소리를 해봤자 절대 물러서지 않을 거예요! 그리고 감히 저한테 이런 짓을 해요?! 카즈마의 이불로 물기를 닦을 거예요!"

"아, 안 돼! 이불이 젖는다고! 알았어, 내가 잘못했어! 이불이 젖으면 내가 자다 실례한 것 같잖아!"

나는 이불 위에서 난리를 피웠고 카즈마가 허둥지둥 몸을 일으켰다.

"너, 요즘 들어 매일 같이 모험을 했지? 개구리도 쓰러뜨렸고, 우뭇가사리 슬라임도 해치웠다며?"

이불 밖으로 나온 카즈마가 기지개를 켜면서 그렇게 말했다.

"그런 졸개 몬스터가 아니라 거물을 쓰러뜨리러 가고 싶어요. 얼마 전에는 융융이 아이리스와 함께 와이번을 해치웠거든요? 그런데 저는 겨우 채피나 쓰러뜨렸다고요."

"채피가 대체 누구야?"

—우리가 계단을 내려가자, 상류층 아가씨다운 복장을 한

다크니스가 외출을 할 준비를 하고 있었다.
"메, 메구밍, 무슨 일이냐? 흠뻑 젖었구나."
"이 남자가 크리에이트 워터로 저를 이 꼴로 만들었어요."
그 말을 들은 다크니스는 약간 흥분한 반응을 보이며 말을 이었다.
"흐음……. 대체 어떤 짓을 당한 거지?"
"제가 이불 위에 올라가서 깨우려고 하니까, 흥분한 카즈마가 갑자기 저한테 달려들었어요. 게다가 저를 이 꼴로 만들었을 뿐만 아니라, 빨리 안 나가면 저를 더럽히겠다고 협박도 했다니까요."
"내가 잘못했어! 그러니까 표현 좀 골라서 써! 그리고 다크니스도 몸을 배배 꼬지 마!"
그것보다—.
"이제부터 모험을 하러 갈 거니까, 다크니스도 빨리 옷을 갈아입으세요."
"그, 그게, 나는 이제부터 영주 관저에 가서 밀려 있는 서류를 처리해야 한다만……."
서류 다발을 손에 쥔 다크니스가 머뭇거리며 그렇게 대답했다.
"모처럼 카즈마를 깨웠는데, 왜 다크니스가 그런 일을 해야 하는 거죠?! 당신의 직업은 대체 뭐냔 말이에요!!"
"영주 대행 겸 공작 영애다! 앗, 메구밍, 서류를 돌려다오!

젖은 손으로 만졌다간 서류의 잉크가 번질 거다!"

나한테 서류를 빼앗긴 다크니스가 잉크가 번진 서류를 보고 울상을 지은 가운데—.

"미안하지만, 오늘은 나도 모험을 못해. 세실리가 아르칸레티아에 다녀오면서 엄청 맛있는 술을 받아왔대. 지금부터 아쿠시즈 교회에서 연회를 열거야."

다크니스뿐만 아니라 외출 준비를 하고 있던 아쿠아가 그런 소리를 했다.

"아쿠아까지 그런 소리를 하는 거예요?! 그리고 아직 대낮이란 말이에요! 당신의 직업은 대체 뭐죠?!"

"여신이거든?"

내가 이런 말을 하는 것도 좀 그렇지만 정말 협조성이 없는 파티다.

바로 그때였다.

현관 쪽에서 들린 노크 소리를 듣고 카즈마가 문을 열자 눈에 익은 여성이 모습을 드러냈다.

"아, 길드 접수처 누님이잖아. 하아, 이렇게 찾아온 걸 보면 또 제 힘을 빌려야 할 사태가 벌어진 거예요?"

그 사람은 바로 모험가 길드의 접수처 직원이였다.

그녀를 본 카즈마가 폼을 잡으며 그렇게 말했지만—.

"아, 아뇨! 일을 의뢰하러 온 건 맞지만, 사토 씨가 아니라 메구밍 양을 지명한 의뢰가 들어와서요……."

“…………”

카즈마가 입을 다문 가운데, 나는 망토를 펄럭이고 대답했다.

“호오, 저를 지명해서 의뢰를 했다고요? 의뢰인은 사람 보는 안목이 상당한 인물인 것 같군요. 좋아요. 저의 힘을 필요로 하는 이의 곁으로 저를 데려가 주시죠!”

“저기, 온몸이 흠뻑 젖은 것 같은데 옷을 갈아입은 후에 가도 괜찮거든요……?”

2

지명 받은 사람이 자기가 아니라는 것을 알고 삐친 카즈마를 집에 내버려두고 모험가 길드에 갔지만—.

“의뢰인은 버튼 씨라는 분이에요. 그리고 퀘스트 장소는 왕도죠.”

“그냥 돌아갈래요.”

의뢰인의 이름을 들은 나는 돌아가려고 했고 길드 직원 언니가 내 망토를 움켜쥐며 말렸다.

“메, 메구밍 양, 왜 그러세요?! 기다려 주세요! 이 의뢰인은 모험가 길드 왕도 본부에 거액의 기부를 해주신 분인데…….”

“그런 건 제가 알 바 아니에요. 일전에 그 사람의 의뢰를 맡은 적이 있는데, 이 의뢰인은 몬스터에 환장한 변태예요.

저 혼자서는 버거우니 다른 사람을 알아보세요."

나는 그렇게 말하고 돌아가려 했으나 언니는 망토를 놔주지 않았다.

"메구밍 양, 정말 이럴 거예요?! 요즘 화제가 되고 있는 버튼 교수의 의뢰거든요?! 『버튼 교수의 녹조류도 이해하는 생물학』으로 유명한 바로 그 사람이에요!"

"저는 그런 건 알지도 못한다고요! 그리고 그 사람은 대체 어느새 유명인이 된 건가요? 제가 의뢰를 맡았을 때만 해도 남들에게 무시당하고 있었다고요."

그렇다. 일전에 의뢰를 맡았을 때만 해도 아무 짝에도 쓸모없는 아저씨였다.

길드 측에서 이렇게 신경을 써줄 만한 사람은 아니었는데…….

"이분은 환상의 몬스터라 여겨지던 킹 토드의 생태를 발표해서 일약 주목을 받게 된, 생물학계의 권위자세요."

"방금 뭐라고 했어요?"

나는 방금 한 귀로 흘려 넘길 수 없는 몬스터의 이름을 들었다.

"그러니까 킹 토드라고요. 생태도 불명, 서식 지역도 불명, 이름만 알려져 있던 도시괴담 같은 레어 몬스터의 잔해를 버튼 교수가 제출……."

나는 모험가 카드를 꺼낸 후 토벌 란을 체크해봤다.

“언니, 이것 좀 봐주세요. 킹 토드라고 적혀 있죠? 킹 토드에 현상금이 걸려 있지는 않나요?”

“예? 어, 어째서 메구밍 양의 카드에 킹 토드를 토벌한 기록이……. 으, 으음, 존재 자체가 확인되지 않은 레어 몬스터라서 현상금이 걸려 있지는 않아요…….”

“그런가요…….”

그런 거물인데도 현상금이 걸려 있지 않은 건가.

하지만 버튼 씨가 생물학계의 권위자가 되었을 줄이야…….

“어머?! 킹 토드 밑에 적혀 있는, 데들리 포이즌 슬라임 『채피』라는 네임드 몬스터는…….”

잠깐만.

생물학계의 권위자라 불리는 버튼 씨라면 부자가 됐을지도 모른다.

그리고 그가 이렇게 출세를 한 것은 우리의 협력 덕분이라 해도 과언이 아니다.

그런 거물을 쓰러뜨리고 우리가 받은 의뢰료는 푼돈에 지나지 않았다.

……좋아!

“메구밍 양, 이 채피라는 건…….”

“의뢰를 맡겠어요!”

—의뢰서를 손에 쥔 나는 할 말이 있는 듯한 언니를 내버

려두고 누군가를 찾기 시작했다.

내가 찾는 사람은 이럴 때에 누구보다 믿음직하고, 실력도 대단하며, 텔레포트도 쓸 수 있는 절친이다.

"나는 비트, 그리고 이 녀석은 클라리스야. 내 직업은 전사, 그리고 클라리스는 프리스트지!"

"우리는 오늘 이 마을에 도착했는데, 괜찮다면 같이 모험을 하지 않겠어? 당신은 마법사지? 보아하니 파티에 속한 것 같지 않은데, 우리 셋은 직업의 밸런스가 맞을 것 같거든."

길드 안을 둘러보니 내 절친이 금방 눈에 들어왔다.

하지만 뭔가 이상해 보였다.

우리와 비슷한 또래로 보이는 2인조의 말을 들은 융융이 어리둥절한 표정으로 주위를 둘러보고 있었다.

이윽고 융융은 떨리는 손으로 자기 자신을 가리키더니—.

"……으, 으음, 혹시 저한테 한 말이에요?"

"당연하잖아. 여기는 너밖에 없다고."

"아하하. 혹시 긴장한 거야? 걱정하지 마. 우리도 이번이 첫 퀘스트거든!"

아무래도 액셀 마을에 온지 얼마 안 된 풋내기 모험가가 융융을 헌팅하고 있는 것 같았다.

"저, 저저저……. 저는 융융이라고 해요! 불민한 몸이지만, 자자자, 잘 부탁드려요!"

융융은 저 두 사람의 제안이 기쁜지 울먹거리면서 고개를 숙였다.

"너무 긴장하지 마. 나는 마을에서 몬스터를 몇 마리나 해치운 적 있거든. 이래 봬도 레벨4야."

"이름이 융융이구나! 참 귀여운 이름이네! 나는 레벨2지만 금속제 사슬갑옷을 걸쳤어. 개구리 정도는 충분히 상대할 수 있어!"

클라리스라는 여자애가 자신의 이름을 칭찬해주자 융융은 볼을 붉혔다.

"저, 저만 믿으세요! 홍마족에게 전해지는 파워 레벨링, 『양식』으로 두 사람을 하루 만에 두 자릿수 레벨로 만들어 드릴게요!"

"하핫, 믿음직한걸! 그런데 홍마족이라는 말은 들어본 적이 있는 것 같은데……."

"나도 들어본 적 있는 것 같아……. 그런데 융융은 레벨이 몇이야? 혹시 이미 중급 마법을 쓸 수 있어?"

융융은 그 질문을 듣고 한순간 얼어붙었지만 곧 얼버무리는 듯한 미소를 지었다.

"제, 제 레벨은……. 이, 일단 중급 마법은 쓸 수 있어요!"

"무슨 소리를 하는 거예요. 이 애는 텔레포트와 상급 마법도 이미 습득한, 레벨이 40 이상 되는 아크 위저드예요."

나는 뒤편에서 그렇게 말했고 융융은 그대로 굳어버렸다.

"레레, 레벨이 40 이상?!"

"아크 위저드?!"

풋내기 두 사람이 깜짝 놀라자 나는 그 두 사람을 타이르듯 말했다.

"게다가 평범한 아크 위저드가 아니에요. 그녀는 마법사에 뛰어난 적성을 지니고 태어나는 홍마족이죠. 풋내기 모험가라면 우선 레벨이 비슷한 이들과 파티를 짜는 편이 좋을 거예요."

"저희 같은 병아리가 말을 걸어서 죄송합니다!"

"자자자, 잘못했어요! 이 마을에 온지 얼마 안 되어서 몰랐어요! 레벨을 올리고 다시 찾아올게요!"

"아앗?! 자, 잠깐만 기다……!"

나의 조언을 들은 풋내기 두 사람은 허둥지둥 이 자리를 벗어났다.

나는 한손을 내밀고 그 두 사람을 말리려 하는 융융의 어깨에 손을 얹은 후 고개를 저었다.

"그냥 보내주세요. 그들은 자기들과 수준이 맞는 파티 멤버를 구할 수 있을 거예요. 저희 같은 베테랑 모험가가 할 수 있는 건, 묵묵히 그들을 지켜봐주는……."

내가 말을 이으려던 순간, 융융이 양손으로 내 멱살을 잡았다.

"아아아아아~!"

"뭐, 뭐하는 것이냐! 자, 잠깐만요! 진정 좀 해요! 모, 목이, 졸린……!"

3

난동을 부리기 시작한 융융을 진정시킨 후, 우리는 왕도로 이동했다.

"……하아, 융융은 정말 성미가 급하다니까요. 그리고 홍마족 차기 족장이 풋내기들과 파티를 짜지 말라고요. 마을 사람들이 들으면 어이없어할 걸요?"

"너한테만은 그런 소리 듣고 싶지 않아! ……흐, 흑……. 모처럼 파티를 짜자는 제안을 받았는데……."

나는 여전히 훌쩍거리고 있는 융융에게 왕도에 온 이유를 설명했다.

"당신에게는 저 같은 어엿한 파티 멤버가 있잖아요. 이제부터 모험을 할 거예요. 아이리스를 불러서 다 함께 버튼 씨의 의뢰를 맡죠."

"버튼 씨라면, 그 괴짜 학자지? 저기, 아이리스 양을 데리고 가도 정말 괜찮겠어? 그 아저씨, 이번에야말로 불경죄로 처형당하는 거 아냐?"

하지만 액셀에서 확인한 의뢰서에는 지난번과 같은 멤버로 와달라고 적혀 있었다.

융융은 눈앞에 있는 왕성을 올려다보며 불안 섞인 목소리로 중얼거렸다.

"게다가 아무렇지도 않게 성에 찾아가는 것도 문제가 될 것 같은데……."

"이리 오너라~!"

"사람 말 좀 들어~!"

이미 우리 얼굴을 외운 건지 문지기 오빠가 인상을 썼다.

"아이리스를 데리러 왔어요. 친구인 메구밍이 찾아왔다고 전해주세요."

"이 나라의 공주님을 이렇게 함부로 찾아오시면 곤란합니다만……."

"저 병사 분이 방금 한 말 들었지?! 빨리 돌아가자! 버튼 씨의 의뢰라면 나 혼자서도 해결할 수 있어!"

병사의 말을 듣고 당황한 융융이 허둥지둥 그렇게 말했다.

"어떤 퀘스트인지도 모르는데, 마법사 둘이서 맡는 건 위험하잖아요. 필요한 건 실력 좋은 전위에요. 아이리스보다 뛰어난 전위는 흔치 않을걸요?"

"아이리스 님에게 전위를 맡기려는 겁니까?! 그걸 안 이상, 공주님께 연락을 취해드릴 수는 없습니다!"

"거 봐!"

금방이라도 울음을 터뜨릴 듯한 융융을 보자 나는 좋은 생각이 났다.

"그럼 이렇게 하죠. 아이리스를 대신해서 당신이 저희와 함께 가는 거예요. 왕성의 병사라면 충분히 전위를 맡을 수 있겠죠."

"저는 근무 중인지라……."

"죄송해요! 사실 이 애는 바보예요! 금방 데리고 사라질게요!"

나는 그런 무례한 소리를 늘어놓으며 내 팔을 잡아끄는 융융을 깔끔하게 무시하고 말을 이었다.

"아이리스의 친구인 저희가 전위도 없이 퀘스트를 수행하러 가도 정말 괜찮겠어요? 여자 둘이서 말이에요. 만약 저희 신변에 무슨 일이 생긴다면, 아이리스는 슬퍼할걸요?"

"으으……."

"죄송해요! 죄송해요! 이 애 말은 그냥 무시하세요!"

난처한 표정을 짓고 있는 병사 오빠에게 융융이 사과하고 있을 때 성문 옆의 대기소에서 중년 아저씨가 나왔다.

"그럼 내가 같이 가지. 나는 곧 근무 시간이 끝나거든."

"예?! 대장님, 진심이세요?!"

대장이라 불린 아저씨는 딱 봐도 강해 보였다.

"나는 모험가 출신이다. 그러니 너희의 발목을 잡지 않을 거다. 그리고 내일은 비번이거든. 이참에 아이리스 님의 친구 분들을 도와드리는 것도 나쁘지 않겠지. 전위라면 나한테 맡겨다오."

대장은 허탈한 미소를 지으면서 자신만만한 어조로 그렇게 말했다.

“융융, 꽤 강해 보이는 사람을 낚았어요. 아이리스를 대신해 충분히 전위를 맡아줄 수 있을 것 같아요.”

“왕성에서 근무하는 사람을 데려가도 정말 괜찮은 거야? 뭐, 아이리스 양이 위험에 처하지는 않을 테니, 그나마 나을지도 모르겠네…….”

근무 종료를 알리는 종소리가 왕성에 울려 퍼졌다.

“좋아. 업무가 끝날 시간이군. 앞으로 전위가 필요하면 내가 같이 가줄 테니, 아이리스 님을 부르지는 말라고.”

“좋아요. 아이리스 때문에 제가 활약할 기회가 줄어드는 것 같으니까, 차라리 잘 됐군요. 앞으로는 아이리스를 꼬드기지 말아야겠어요.”

나와 대장은 그런 대화를 나누고 환하게 웃었다.

바로 그때, 융융이 우리의 주위를 끌려는 듯 문 쪽을 손가락으로 가리켰다.

“…….”

활짝 열린 성문의 뒤편에는 볼을 한껏 부풀린 아이리스가 울먹거리며 서 있었다.

4

"너무해요! 정말 너무하다고요!! 두목님이 이렇게 매정한 사람인 줄은 꿈에도 몰랐어요!"

"어쩔 수 없잖아요. 당신은 이 나라의 왕녀님이니까요."

왕도의 모험가 길드로 향하는 도중…….

아이리스는 여전히 기분이 풀리지 않은 건지 볼을 한껏 부풀리고 있었다.

그런 아이리스의 옆에서는 융융이 찝찝한 표정을 짓고 있었다.

"하지만 그 아저씨도 꽤 강해보였어. 기왕이면 같이 왔으면 좋았을 텐데……."

"그래요. 기왕 도와주겠다고 나선 분인데 말이에요."

대장이라 불린 그 아저씨는 아이리스의 호위를 겸해 우리와 함께 가겠다고 말했지만—.

"전위라면 저 혼자로 충분해요! 오늘은 제가 얼마나 도움이 되는지 보여주겠어요!"

"당신이 의욕을 불태울수록 제가 활약할 여지가 줄어든단 말이에요! 말단 부하면 자중 좀 하라고요!"

어른스러움과는 동떨어진 말다툼을 벌이면서 왕도의 길드에 도착해보니, 우리가 오기만을 이제나 저제나 기다린 듯한 버튼이 문 앞에 서 있었다.

"왔구나, 너희들! 이야, 정말 잘 왔어!"

우리를 발견한 버튼은 안경을 고쳐 쓰고 희희낙락하면서 우리에게 말을 걸었다.

그러자 아이리스는 미소를 짓고 그에게 말을 건넸다.

"오랜만이에요, 버튼 님! 킹 토드 발견의 공적을 인정받은 덕분에 버튼 님의 책이 불티나게 팔리고 있다면서요? 정말 축하드려요!"

하지만 버튼은 아이리스의 말이 들리지 않았다는 듯이 우리를 지그시 쳐다보았다.

그런 버튼을 본 융융이 의아하다는 표정으로 고개를 갸웃거리며 입을 열었다.

"……버튼 씨, 왜 그래요? 혹시 아이리스 양을 잊은 거예요? 불경한 데도 정도라는 게 있거든요?"

버튼이 여전히 침묵을 지키자 내가 불쑥 입을 열었다.

"오랜만이에요, 버튼 교수님."

"오랜만이야, 메구밍 군! 이번에 정식으로 박사 학위를 받았지! 이건 전부 너희 덕분이야! 정말 고마워!"

아무래도 이름 뒤에 교수라는 말을 붙여주지 않으면 못 들은 척 하는 것 같았다.

버튼은 여전히 성가신 성격이었다.

"으, 으음, 버튼 교수님. 오랜만이에요. 녹조류도 이해하는 생물학이 베스트셀러가 된 걸 축하드려요."

"고마워, 아이리스 군! 사인해줄까?"

"돼, 됐어요……."

아이리스의 정체를 여전히 모르는 듯한 버튼이 만족한 표정으로 껄껄 웃었다.

"저기, 메구밍. 역시 이 아저씨는 퀘스트 중에 처리해버리는 편이 좋지 않을까……?"

"당신도 때로는 과감한 짓을 꾸미네요. 하지만 이 아저씨도 유명인이 된 것 같으니까, 관두세요."

융융과 내가 몰래 그런 이야기를 나누고 있을 때, 버튼이 문뜩 진지한 표정을 짓고 이야기를 시작했다.

"자, 생물학계의 권위자이자 베스트셀러 작가이기도 한 내가 너희를 부른 이유를 알려주지. 실은 저번에 킹 토드를 해치운 다음 날은 날씨가 화창했어……."

그러고 보니 킹 토드를 쓰러뜨린 덕분에 장마가 끝났다는 이야기를 들었다.

그리고 버튼이 킹 토드 토벌 의뢰를 한 것은, 마음에 두고 있는 술집 바베라 씨가 내일 날씨가 맑으면 데이트를 해주겠다는 어이없는 소리를 했기 때문이다.

그리고 그 바베라 씨는 버튼의 소꿉친구였고 우리는 그 두 사람이 잘 되기를 바라며 킹 토드를 해치웠는데…….

"바베라 씨와는 어떻게 됐나요? 버튼 교수님이 헛물을 켠 걸로 끝났나요?”

“말도 안 되는 소리 하지 마. 너희 덕분에 바베라와 잘 지내고 있어. 얼마 전에는 바베라가 나한테 데이트를 신청하더라니깐. 이것저것 사달라고 조르는 바베라는 참 귀여웠어.”

버튼은 좋아 죽겠다는 듯이 히죽거리면서 그렇게 말했다.

“아하. 아무 짝에도 쓸모없는 자칭 교수에서 일약 베스트셀러 작가가 됐으니까…….”

“메구밍, 쉿! 그 말은 하면 안 돼!”

융융이 내 입을 막은 사이, 아이리스가 얼버무리는 미소를 짓고 앞으로 나섰다.

“그런데 버튼 교수님, 이번에 저희를 부른 이유는 뭔가요?”

“아, 맞다! 실은 바베라가 사달라는 걸 이것저것 사주기는 했는데, 마지막에 들른 보석점에서 산 약혼반지는 받아주지 않더라고. 그 가게에서 가장 비싼 반지였는데…….”

……오호라.

“다른 선물을 받아줄 수 있지만, 그렇게 부담스러운 건 딱 질색이다, 라는 의미…….”

“메구밍, 직구 좀 작작 던져!”

버튼은 내 말을 듣고 쓴 웃음을 지었다.

“역시 그런 걸까……? 실은 이번에 너희에게 의뢰를 한 건, 연애에 관한 상담을 받고 싶어서야. 너희는 예전에 나한테 여자의 마음을 가르쳐줬지? 그 말을 따랐더니 연애가 잘 풀렸어. 하지만, 결국은 내가 헛물을 켠 걸지도 몰라…….”
“그런가요. 실은 제가 이렇게 교수님을 찾아온 건 킹 토드 토벌 덕분에 성공한 교수님한테서 추가 보수를 뜯어내기 위해서예요.”
“사사건건 이야기 좀 끊지 마!”
이야기를 다른 방향으로 돌리려고 하는 나를 융융이 밀친, 바로 그때였다.

“저는 바베라 님의 심정을 알 것 같아요!”

주먹을 말아 쥔 아이리스는 눈을 반짝이면서 느닷없이 그런 소리를 했다.
그리고 자신이 손가락에 낀, 왕녀에게 어울리지 않는 싸구려 반지를 보여주고 말을 이었다.
“이것 좀 보세요! 이 반지는 비싼 게 아니에요. 하지만 제가 받은 보석과 반지 중에서, 이게 가장 소중한 보물이에요. 바베라 님은 다른 선물은 몰라도, 반지만큼은 버튼 교수님의 진심이 담긴 것을 받고 싶은 거예요. 그래서……!”
확실히 저 반지는 카즈마에게 받은 것이다.
아이리스가 자랑스레 내민 반지를 보고 내가 짜증을 느끼고 있을 때, 버튼은 한숨을 푹 내쉬었다.
“꼬맹이가 여자 마음에 대해 이야기를 해봤자 믿음이 안

가는데…….”

“진지하게 상담에 응하고 있는 사람한테 그런 소리를 하는 거예요?! 정말 너무해요!!”

아이리스는 방금 말을 듣고 뿔난 건지 버튼을 손바닥으로 두드렸다. 한편, 버튼은 왠지 개운한 표정을 지었다.

“하지만 꼬맹이라고 해도 여성의 의견이지. 그래. 진심이 담긴 반지…….”

버튼은 그렇게 말하더니 잠시 동안 침묵을 지킨 후—.

“메구밍 군. 의뢰 내용을 변경하지! 너희가 어떤 물건을 입수해줬으면 해”

“사과하세요! 꼬맹이 취급한 걸 사과하란 말이에요!!”

아이리스가 마구 흔들어대는 가운데, 그렇게 외쳤다.

5

진심이 담긴 물건이란 사람에 따라 다를 것이다.

유명 가게를 돌아보며 발품을 판 끝에 예약 대기를 해야 하는 물건을 바로 입수한다면, 그 물건에도 충분히 진심이 어려 있을 것이다.

손재주가 좋은 사람이라면 직접 만든 물건도 괜찮으리라.

열심히 일해서 모은 급료 석 달 치 반지라면 가격을 떠나 기뻐할 것이다.

그렇다면 생물학자가 준비할 수 있는, 진심이 담긴 물건이란—.

"버튼 씨, 버튼 씨, 버튼 씨—!!!!!"

"버튼 교수라고 불러, 융융 군! 저 녀석들은 매직 이터! 개체수가 줄어서 웬만해선 볼 수 없지만……. 마력을 먹는 특성을 지닌 정령 타입 레어 몬스터야!"

왕도 인근의 숲속에 간 우리는 허공을 둥실둥실 떠다니는 발광체에게 쫓기고 있었다.

"버튼 씨, 이 몬스터는 마법이 안 통해요! 약점은 없나요?!"

"버튼 교수라고 불러, 융융 군! 매직 이터는 마법 공격을 대부분 흡수해. 술사의 힘이 그대로 공격력으로 전환되는 라이트 오브 세이버 혹은 그 어떤 존재에게도 무조건 대미지를 가하는 폭렬마법, 마법사가 이 녀석을 해치우기 위해선 그 두 마법이 현실적이야!"

융융은 그 말을 듣더니 오른손을 치켜들고 마법을 영창했다.

"『라이트 오브 세이버』—!!!!"

눈부신 빛이 공간을 가르자 발광체 하나가 둘로 쪼개졌다.

하지만—

"버튼 씨, 들러붙었어요!"

"버튼 교수라고……! 이익, 라이트 오브 세이버 마법으로 한 마리당 백 번 정도 공격해! 그러면 분명……."

"마력이 부족해요! 다른 방법은 없나요?! 그렇다면 메구밍에게 폭렬마법을 쓰라고 할 거예요!"

내가 나설 차례일지도 모르지만 기왕 강한 몬스터가 잔뜩 존재하는 이 숲에 왔는데 저런 발광체 따위에게 폭렬마법을 쓰는 건 아깝다는 생각이 들었다.

"마력이 담긴 무기로 공격하면 대미지를 줄 수는 있어! 하지만 매직 이터를 쓰러뜨리기 위해선 매우 강력한 무기가……."

버튼이 거기까지 말한 바로 그때, 우리를 쫓던 매직 이터 한 마리가 빛을 흩뿌리며 사라졌다.

고개를 돌려보니 아이리스가 옅은 빛을 뿜는 검으로 다른 매직 이터를 베고 있었다.

아무래도 이번에는 국보인 뭐시기칼리버라는 것을 가지고 온 것 같았다.

그 모습을 보고 안심한 버튼이 숨을 헐떡이며 걸음을 멈췄다.

"대단한걸, 아이리스 군. 마을에 돌아가면 사인을 해주지."

"돼, 됐어요……. 그것보다 이 몬스터는 이렇게 강한데 왜 개체수가 준 건가요?"

아이리스는 매직 이터를 해치우면서 질문을 던졌다.

"좋은 질문이야, 아이리스 군! 그건 말이지. 매직 이터는 강한 마력에 끌리기 때문에, 고레벨 몬스터에게 달려드는 성질을 지녔어. 먼 옛날에 발광체 무리가 마왕성에 모여든 건 유명한 이야기지."

……강한 마력…….

"즉, 이 매직 이터들은 이 자리에 있는 강자에게 끌리고 있는 건가요?"

"그래, 메구밍 군. 즉, 매직 이터를 불러들인 범인은 이 안에 있는 거지!"

마지막 매직 이터를 해치운 아이리스는 버튼의 시선을 피하듯 고개를 돌리면서 중얼거렸다.

"역시 두목님과 융융 양은 대단해요. 홍마족의 마력은 정말 엄청나네요."

"뭐, 틀린 말은 아니지만요."

"메구밍이나 나한테 몰려든 건 아니라고 생각하는데……."

아이리스는 검을 집어넣더니 목에 걸고 있던 비싸 보이는 목걸이를 버튼에게 보여주며 말했다.

"저, 저의 마력 때문에 몰려든 건 아닐걸요? 저번에 슬라임이 제 마력을 감지하고 도망간 것을 교훈 삼아서, 이번에는 외부로 흘러나가는 마력을 억제하는 강력한 마도구를 챙겨왔거든요!"

"매직 이터는 강력한 마도구에도 끌려."

아이리스는 그 말을 듣더니 강력한 마도구인 목걸이와 신기인 성검을 등 뒤로 숨기고 입을 다물었다.

"그런데, 버튼 교수님? 표적인 크리스털 라이거는 찾을 수 있겠어요?"

그렇다.

우리가 이런 숲속 깊은 곳까지 온 것은 버튼의 진심이 담긴 물건을 마련하기 위해, 이미 멸종됐다고 여겨지는 크리스털 라이거를 찾으러 온 것이다.

크리스털 라이거는 온몸이 수정 같은 보석으로 뒤덮인 몬스터이고 그 소재는 매우 희귀해서 흔히 볼 수 없다.

쓰러뜨리기만 한다면 명성과 거금을 손에 넣을 수 있기 때문에 수많은 모험가가 찾아다니는 매우 희귀한 몬스터인 것이다.

하지만 그 희소성 때문에 남획이 이뤄져서 지금은 멸종했다는 것이 통설이지만…….

"분명 이 숲에 있어. 생물학계의 권위자인 나는 알 수 있다고. 웬만한 모험가는 경계심이 강하고 교활한 크리스털 라이거의 흔적조차 찾을 수 없겠지. 하지만 나라면……."

원래라면 헛소리로 치부하겠지만 이 사람은 킹 토드를 찾아냈다는 실적이 있다.

그런 사람이 이런 소리를 하는 것을 보면 뭔가 근거가 있는 것이 틀림없다.

이미 숲속 깊은 곳에 들어선 버튼은 발치를 주의 깊게 살

피고 있었다.

"어……?"

지면을 살피던 버튼이 진지한 표정을 짓더니 나무 막대로 흙을 팠다.

그러자 흙 안에서 검은색 덩어리가 모습을 드러냈다.

버튼은 나무 뒤편에 숨겨져 있는 데다 흙까지 덮여있던 그것을 진지한 표정으로 유심히 살폈다.

그 모습을 보고 호기심이 생긴 아이리스는 몸을 웅크리더니 버튼의 옆에서 그것을 관찰하기 시작했다.

"이 검은 물체는 뭔가요?"

"후후, 신경이 쓰이나 보지? 그 검으로 찔러봐."

아이리스가 버튼의 말에 따라 검 끝으로 그것을 찌르자 그 검은 덩어리가 쪼개지면서—.

"고, 고약한 냄새가 나요! 버튼 교수님, 이게 대체 뭐죠……?!"

"몬스터의 똥이지. ……어, 어이, 그 검을 나한테 내밀지 마!"

아이리스가 울상을 짓고 검을 닦는 가운데, 버튼은 그 똥을 관찰했다.

"틀림없어! 똥 안에 단단한 파편이 섞여 있군! 이건 크리스털 라이거의 똥이야! 잘 했어, 아이리스 군! 네가 검으로 똥을 찔러준 덕분에 그 녀석의 흔적을 발견했어!"

"저기, 직설적인 표현은 자제해주시면 안 될까요……."

국보로 똥을 찌른 아이리스는 울상을 지으며 호소했다.

"크리스털 라이거의 똥을 발견하긴 했지만, 이제부터 어떻게 추적할 거죠? 추적 스킬을 지닌 아처라도 있다면, 이 똥을 이용해 쫓아갈 수 있겠지만요……."

"저기, 메구밍? 그 단어를 입에 담지 말아주면 안 될까?"

버튼은 내 질문을 듣고 의기양양한 미소를 지었다.

"경계심이 강한 몬스터는 배설장소 및 배설방법도 신경을 쓰지. 똥이 있는 걸 보면, 이 근처는 그 녀석의 영역이야."

버튼은 그렇게 말하며 주위를 둘러보더니 이윽고 무언가를 주웠다.

"찾았어! 크리스털 라이거의 외피야! 오래된 각질을 제거하기 위해, 나무에 몸을 비빈 거겠지! 만약에 대비해 박살을 내서 땅에 묻었지만 내 눈을 속일 수는 없어!"

그것은 매우 조그마한 보석 파편이었다.

저 돌로 반지를 만들면 새끼손가락 끝 부분이 겨우 들어갈 것이다.

"그럼 이제 본체를 찾으면 되겠네요. 라이거 종은 움직임이 잽싸다고 들었지만, 폭렬마법으로 광범위를 공격하면 해치울 수 있을 거예요."

하지만 텐션이 하늘을 찌를 듯한 버튼은 진지한 표정을 짓고 고개를 저었다.

"아니, 그럴 필요는 없어. 크리스털 라이거는 매직 이터보다 더 희소종이거든. 그러니 마주친다면 꼬리 끝부분만 잘라서 가져가자. 라이거의 꼬리는 잘려나가도 금방 재생되거든. 꼬리 끝 부분의 보석만으로도 특대 반지를 만들 수 있을 거야!"

"이럴 때는 또 생물학자답네요. 하지만 꼬리 끝부분만 자르는 건가요. 그렇다면……."

우리들의 시선은 검을 끌어안고 있는 아이리스 쪽으로 모였다.

"—크리스털 라이거는 찬란히 빛나는 보물을 좋아하지. 게다가 고가의 보석을 선호하는 경향을 지녔어. 경계심이 아무리 강해도, 그 본능을 거스르진 못할 거야. 하지만, 이번에 준비한 건 싸구려 보석인데……."

라이거의 똥을 발견한 지점 인근의 탁 트인 장소에 간 버튼은 보석을 지면에 뿌렸다.

"드래곤도 빛나는 물건을 좋아하지. 고대부터 황금과 보석에는 마력이 담겨 있다, 생물을 현혹하는 힘이 있다 같은 억측이 존재했는데……. 메구밍 군…… 메구밍 군! 내가 뿌린 보석을 줍지 마!"

무의식적으로 보석을 줍던 나는 그 말을 듣고 퍼뜩 정신을 차렸다.

"확실히 보석에는 생물을 현혹하는 힘이 있는 것 같네요. 마법에 내성을 지닌 홍마족조차도 조종당할 줄은 몰랐어요……."

"네가 이러는 건 가난이 몸에 뱄기 때문이야."

내가 융융의 말을 무시하며 주워든 보석을 다시 지면에 뿌린 바로 그때였다.

무언가의 강렬한 시선이 느껴져서 고개를 돌려보니, 나무 사이로 스며드는 햇빛에 찬란히 빛나고 있는 고양잇과 몬스터가 눈에 들어왔다.

초보자 킬러를 부풀린 듯한 그 몬스터의 시선은 아이리스의 가슴 쪽을 향하고 있었다.

그곳에는 서민은 살 엄두도 못 낼 만큼 고가의 목걸이가—.

"……아이리스, 질문이 있어요. 마도구인 그 목걸이에는 비싸 보이는 보석이 잔뜩 박혀 있잖아요? 그 목걸이는 얼마나 비싼 건가요?"

"…………국보 중 하나라고 들었어요……."

목걸이를 주시하고 있던 크리스털 라이거가 아이리스를 향해 돌격했다—!

6

"융융, 당신이 저 몬스터를 붙들어두세요! 아이리스가 습격을 당한 걸로 모자라 국보까지 빼앗겼다간, 심각한 문제로 발전할 거라고요!"

"아이리스 양, 도망쳐어어어어! 『보텀리스 스웜프』!!!"

사태를 파악한 융융이 울상을 지으면서 늪 마법을 펼쳤다.

하지만 라이거는 느닷없이 자신의 발치에 바닥없는 늪이 생겨났는데도 불구하고 전혀 당황하지 않으며 도약하더니 나무를 발판 삼아 계속 접근했다.

우리에게 눈길도 주지 않는 것을 보면 표적은 명백했다.

라이거는 버튼을 감싸고 검을 치켜든 아이리스에게 쇄도하면서 군침을 흘렸다.

"초보자 킬러를 비롯한 라이거 계열 몬스터들은 하나같이 나무를 잘 타지! 융융 군은 베스트셀러가 된 내 책을 읽어 보지 않았나 보군! 모험가로서 감점이야!"

"해치우면 안 된다는 제약만 없었어도 붙들어놓을 필요가 없다고요! 크리스털 라이거에게는 약점이 없나요?!"

오른손에 단검을 쥐고, 왼손에 지팡이를 쥔 융융이 비명에 가까운 목소리로 그렇게 외쳤다.

내 옆으로 도망친 버튼은 의기양양한 미소를 짓고 말했다.

"약점이라면 내가 알려주지! 라이거 계통의 몬스터는 앞발이 등에 닿지 않아! 그러니 머리를 쓰다듬어줄 거면 뒤편에서 몰래 다가가서……."

"메구밍! 폭렬마법을 준비해!"

"초보자 킬러 계통의 몬스터는 생긴 게 멋져서 좋아하지만, 어쩔 수 없군요."

"안 돼! 절대 안 된다고!!"

우리가 꼬리만 자르는 것을 단념하고 폭렬마법으로 해치워버리려 하자 버튼이 내 지팡이를 움켜쥐며 방해했다.

그 모습을 본 아이리스가 검을 내팽개치고 이렇게 말했다.

"융융 씨! 제가 맨손으로 라이거를 움켜잡을 테니까, 그 틈에 라이트 오브 세이버 마법으로 꼬리 끝만 자를 수 있겠어요?!"

"맨손?! 아이리스 양, 그럴 필요 없어! 레어 몬스터든 뭐든 간에 그냥 토벌해버리자!"

"융융 군, 그건 안 돼! 생물학자로서 그건 용납할 수 없어!"

버튼이 고개를 세차게 저으면서 융융에게 매달렸다.

나는 그런 버튼의 어깨에 손을 얹었다.

"버튼 씨, 생물학자인 당신의 의지는 존중 받아 마땅해요. 하지만 아이리스를 위험에 처하게 하면서까지 저 라이거를 지켜야겠어요? 누군가가 위험에 처하면서까지 손에 넣은 보석을, 바베라 씨가 받아줄 거라고 생각하나요?"

그렇게 말한 나는 진지한 표정으로 버튼 씨를 응시했다.

"크르르르르르릉, 크르르르르르……!"

아이리스와 대치한 라이거는 그녀가 검을 버리자 경계심을 품으며 멈춰 섰다.

목걸이가 아이리스의 마력을 억누르고 있지만 야생의 감으로 그녀가 위험하다는 것을 눈치챈 걸까.

역시 라이거 계통의 몬스터는 머리가 좋았다.

“메구밍, 어떻게 된 거야? 아무리 가난해도 땅에 떨어진 건 주워 먹지 말랬지?! 이 근처에 자라던 정체불명의 버섯이라도 먹은 거야?!”

내가 진지한 이야기를 하자 융융이 저런 소리를 늘어놓았다.

“설득에 방해되니까, 융융은 입 좀 다물고 있어요! 아이리스와 국보에 무슨 문제가 생기면, 우리 목이 날아갈 거라고요! 입에 발린 소리로 얼버무려서 이 의뢰 자체를 유야무야하게 만들 거란 말이에요!”

“그런 건 좀 작게 말해! ……하지만, 메구밍 군의 말이 맞아……. 저런 꼬맹이를 위험에 처하게 하면서 손에 넣은 보석을, 바베라가 받아줄 리가 없어…….”

“버튼 님, 방금까지 제 뒤에 숨어 있어놓고 저를 꼬맹이 취급하는 거예요?! 저, 화낼 거예요!”

라이거와 눈싸움을 벌이고 있던 아이리스가 그렇게 외친 바로 그때였다.

“아이리스 군, 뒷일은 나에게 맡겨줘. 그리고 그 목걸이를 빌려주지 않겠어?”

버튼은 결의를 눈동자에 머금고 앞으로 나섰다.

그러자 융융이 허둥지둥 마법을 영창하기 시작했다.

귀에 익은 그 주문은 융융의 특기인 라이트 오브 세이버의 주문일 것이다.

"버튼 씨, 저 목걸이는 국보래요. 냅다 들고튀는 건 아마 좋은 생각이 아닐걸요?"

"메구밍 군, 중요한 순간이니까 방해하지 마! 이제부터 내가 미끼가 되겠어. 라이거가 나를 쫓아오면, 그 순간을 노려서 꼬리 끝부분을 자르는 거야. 나는 생물학자 버튼. 생물학자가 몬스터에게 두려움을 느낄 수는 없어!"

""버튼 교수님……!""

융융과 아이리스가 감동에 찬 목소리로 그렇게 말한 가운데, 앞으로 나선 버튼의 다리는 후들거리고 있었다.

"무리하지 마세요. 모처럼 교수라는 권위와 인세라는 이름의 거금을 손에 넣었잖아요. 바베라 씨는 포기하고, 더 젊은 애를 잡는 게 어때요? 버튼 씨의 명성과 거금이면 충분히 가능할 거라고요."

"메구밍 군은 나를 싫어하는 거야?! 왜 나를 나쁜 놈으로 만들려고 하는 거냐고!"

아이리스에게서 목걸이를 넘겨받은 버튼이 그렇게 외쳤다.

바로 그때였다.

"……라이거의 반응이 이상하네요. 마치 뭔가를 두려워하는 것 같은데……."

아이리스를 위협하고 있던 라이거가 갑자기 움직임을 멈

추고 꼼짝도 하지 않았다.

마치 절대적인 강자와 마주쳐서 겁을 집어먹은 애완동물처럼…….

"아앗! 마력을 억누르는 목걸이를 벗은 바람에……!"

아이리스가 고함을 지르자 라이거는 몸을 부르르 떨었다.

"그러고 보니 저건 약한 몬스터가 겁먹고 도망치는 걸 방지하려고 가지고 온 마도구였죠. 그걸 벗은 바람에……."

"무, 무서워할 필요 없어요. 자, 저는 무기도 들고 있지 않다고요!"

아이리스는 자기가 무기를 가지고 있지 않다는 것을 강조하려는 듯이 두 손을 펼쳐 보이며 미소를 지었다.

하지만 그 노력에도 불구하고 라이거는 살금살금 뒷걸음질을 쳤고…….

"이건 어떠냐아아아아아아아아아!"

바로 그 순간, 버튼이 괴성을 지르면서 느닷없이 옷을 벗어던졌다.

"융융, 새로운 레어 몬스터가 나타났어요. 아이리스의 교육에 좋지 않을 것 같으니까, 먼저 해치워 버리세요."

"알았어. 전부터 아이리스 양한테 이상한 짓을 하지 않을까 걱정했는데, 이 상황에서 사고를 칠 줄은 꿈에도 몰랐네."

나와 융융은 그렇게 말했고 신종 몬스터가 침을 튀기며 항의를 했다.

"나는 지금 진지하거든?! 잘 들어! 라이거 계통 몬스터에게는 강자에게 복종하는 포즈가 있지! 이렇게 지면에 넙죽 엎드려서, 급소인 배와 목을 드러내는 거야! 그리고 우리가 약자라고 여기게 해서, 도망치지 않게 하려는 거라고!"

"라이거가 아이리스보다 버튼 씨를 두려워하는데요."

버튼이 팬티 한 장만 걸친 채 얼마든지 다가오라는 듯이 손짓을 하자, 라이거는 오히려 뒷걸음질을 쳤다.

"생물학자로서 성장했기 때문일까?! 나한테서 흘러나오는 권위의 오라가 라이거를 굴복시킨 건가……."

"버튼 씨 같은 괴상망측한 존재를 보면, 그 어떤 생물이라도 경계심을 품을 거예요."

바로 그때였다.

"『라이트 오브 세이버』!!!"

"어?!"

마법의 영창을 마친 융융이 라이거의 꼬리를 자르려고 했다.

하지만 경계태세에 들어간 라이거는 간발의 차이로 그 공격을 피했고—.

"아이리스, 지금이에요!"

"예! 맡겨만 주세요!"

나는 지면을 굴러다니고 있던 성검을 걷어찼고, 자신 쪽으로 굴러온 성검을 주저 없이 주워든 아이리스가……!

7

우리는 숲속에서 왕도로 돌아가고 있었다.

그리고 숲의 입구가 보일 즈음에는 어느새 저녁때가 다 되었다.

"어느새 꽤 늦은 시간이 됐네요. 아이리스를 찾느라 소동이 일어난 건 아닐지 걱정돼요."

내가 그렇게 말하자 아이리스는 몸을 희미하게 떨었다.

"응. 하지만 문제는 그것만이 아니잖아?"

융융이 뒤이어 그렇게 말했고 아이리스는 또 몸을 부르르 떨었다.

"……내 인세로 그 목걸이를 변상할 수 있을까……."

"죄, 죄송해요! 여러분에게는 절대 폐를 끼치지 않을게요!"

버튼이 그렇게 중얼거려서 아이리스는 허둥지둥 사과를 했다.

"라이거가 그런 표정을 지었으니 어쩔 수 없을 거예요. 그래도 아이리스는 역시 아직 어리네요. 저는 금슬 좋아 보이는 파오리 부부라도 주저 없이 죽여 버릴 수 있다고요."

"너는 정이라는 걸 좀 가지는 게 어때?"

그 후 성검을 쥔 아이리스는 라이거에게 달려들었지만…….

"아무튼, 크리스털 라이거가 초보자 킬러의 상위 몬스터라는 걸 깜빡한 바람에 이렇게 된 거예요. 귀여운 애교와 어리광으로 방심을 시킨 후에 목걸이를 강탈하다니……. 교활한 데도 정도라는 게 있는데 말이죠."

상대는 지능이 뛰어나기로 소문이 난 라이거 종이다.

아이리스가 공격을 주저하자 바로 태도를 바꿔 어리광을 부렸고 빈틈을 보인 순간에 목걸이를 꽉 깨물고 도망친 것이다.

완전히 허를 찔리고 말았다.

"뭐, 크리스털 라이거의 보석을 욕심낸 내 잘못이야. 아이리스 군의 부모님께는 내가 사과를 드리고 변상하겠어. 뭐, 생물학계의 권위자이자 베스트셀러 작가인 내가 고개를 숙이며 사과드린다면, 네가 혼나지는 않겠지!"

아직도 아이리스의 정체를 눈치채지 못한 이 아저씨는 왕성의 높으신 분에게 제대로 혼쭐이 나는 편이 좋겠다는 생각이 들었다.

바로 그때, 융융이 쓴웃음을 지으며 입을 열었다.

"의뢰인인 버튼 씨가 그럴 필요는 없어요. 모험가가 퀘스트 도중에 장비를 잃는 건 그렇게 드문 일이 아니거든요."

"마, 맞아요! 그런 고가의 목걸이를 가지고 온 사람은 바로 저니까, 버튼 씨와는 상관없어요! 아버님의 어깨를 안마해드리면서 은근슬쩍 털어놓으면……."

누구에게 영향을 받은 건지, 요즘 들어 잔꾀가 는 아이리스가 그렇게 중얼거리는 가운데—.

"목걸이 문제는 제쳐두고, 버튼 씨의 약혼반지는 어떻게 하죠?"

""윽……""

아이리스와 융융은 내 말을 듣고 낮은 신음을 흘렸다.

하지만—.

"그건 걱정할 필요 없어. 이걸 봐!"

버튼이 그렇게 말하면서 꺼낸 것은 조그마한 결정체였다.

그것은 크리스털 라이거의 흔적을 발견했을 때 주운 것이었다.

"아이리스 군이 말했지? 비싼 반지보다 진심이 담긴 반지가 나을 거라고 말이야. 조그맣기는 하지만, 내가 직접 손에 넣은 결정이야. 이것보다 내 진심이 어린 건……. 여, 역시 이걸로는 안 되겠지?"

들뜬 목소리로 말을 하던 버튼은 얼이 나간 우리의 표정을 보더니 점점 자신감을 잃어갔다.

나는 불안에 사로잡힌 버튼에게—.

"……아마 괜찮을 거예요. 예전보다는 여자 마음이라는 걸 이해하고 있는 것 같네요."

—라고 말한 뒤 미소를 지었다.

"그럼 빨리 반지로 가공해야겠네. 버튼 씨, 메구밍을 따라 하는 건 아니지만, 분명 괜찮을 거예요. 멸종되었다고 알려진 크리스털 라이거의 결정이잖아요. 받는 사람도 분명 기뻐할 거예요!"

융융이 밝은 목소리로 한 말을 듣고 고개를 끄덕이던 버튼의 낯빛이 갑자기 새하얗게 질렸다.

"마, 맞아! 크리스털 라이거가 아직 존재한다는 게 알려지면, 또 남획이 시작될 거야!"

……앗.

"그 애는 그냥 포기하죠. 아이리스의 목걸이를 훔쳐간 그런 괘씸한 녀석에게는 동정의 여지가 없어요."

"아, 안 돼! 생물학자로서 그럴 수는 없다고……!"

하지만—.

"예전에 환상의 킹 토드란 녀석을 찾았을 때는 멸종 같은 건 개의치 않았잖아요."

"내가 아끼는 라이거 종과 그런 개구리 따위를 똑같이 취급할 수는 없거든."

이 아저씨는 정말…….

"그럼 바베라 씨와 버튼 씨는 인연이 없었던 걸로 여기고, 우리는 이만 돌아가자. 빨리 아이리스 양을 데려다줘야 해."

"그래요. 그러고 보니 소중한 목걸이 문제도 남아 있잖아요."

"기, 기다려! 기다려봐!! 너희한테는 엄청 신세를 졌을 뿐만 아니라, 매우 신뢰하고 있어! 부디 홍마족의 지혜를 빌려주지 않겠어?! 이 보석을 세상에 내놔도 크리스털 라이거가 인간들에게 쫓겨 다니지 않을 방법이 분명 있을 거야!"

끈질기게 매달리는 버튼을 귀찮게 여기면서도, 홍마족으로서 해줄 수 있는 일이 없는지 생각해본 나는—.

"있긴 해요. 크리스털 라이거를 해치우면 되죠. 그러면 쫓겨 다닐 일도 없어요."

"이 상황에서 그런 헛소리를 하지 말아줬으면 좋겠는데……."

버튼은 찬란히 빛나는 보석을 손에 쥔 채 고민에 잠긴 표정을 지었다.

나는 그런 버튼에게 말했다.

"오늘은 제가 나서야 할 정도의 강적이 나타나지 않아서 다행이네요. 덕분에 마법을 온존할 수 있었어요."

"……응? 메구밍 군이 무슨 소리를 하는 거지?"

버튼이 영문을 모르겠다는 표정을 짓자 융융은 내 말을 이해한 건지 표정을 딱딱하게 굳혔다.

"자, 잠깐만 있어봐! 여기는 왕도 부근이거든?! 할 거면 숲속 깊은 곳에서……!"

아이리스도 그제야 내가 뭘 하려는 건지 눈치챈 것 같았다.

"두목님, 걱정하지 마세요! 베르제르그의 왕녀인 제가 라이거 토벌의 증인이 되어드릴게요!"

"뭐어?!"

버튼은 아이리스의 말을 듣고 얼이 나간 반응을 보였다.

한편 융융은 아이리스를 향해 쓴웃음을 지었다.

"아이리스 양, 증인이 되는 건 무리야. 모험가 카드에는 토벌한 몬스터가 기록되니까……."

"괜찮아요!"

"괜찮은 거야?! 아니, 괜찮으면 안 되거든?! 아이리스 양!"

융융을 향해 구김 없는 미소를 짓고 있는 아이리스가, 요즘 들어 우리 저택에 사는 누군가를 닮은 듯한 느낌이 들었다.

"그럼 문제는 없는 걸로 알죠. 자, 버튼 씨. 일국의 왕녀와 홍마족 대마법사가 이렇게까지 해줬는데, 프러포즈에 실패한다면 절대 용서 안 할 거예요."

"으, 응……."

망연자실한 목소리로 그렇게 중얼거린 버튼의 시선은 아까부터 계속 아이리스를 향하고 있었다.

식은땀을 줄줄 흘리고 있는 것을 보면 이제야 아이리스의 정체를 눈치챈 것 같았다.

버튼은 긴장한 것 같고, 융융은 얼굴이 새파랗게 질렸으며, 아이리스는 기대에 찬 표정을 짓고 있었다.

세 사람이 나를 주목하는 가운데, 나는 지팡이를 치켜들고 선언했다.

"잘 들으세요. 이제부터 제가 하는 말을 기억해두세요. 생물학자 버튼 씨의 협력으로 왕도의 숲에서 멸종된 줄 알았던 크리스털 라이거를 발견했다. 희소한 존재라는 사실을 알게 된 나는 액셀 마을의 풍물이 된 자신의 폭렬욕구를 억누르지 못해 그것을 격파했다. 불쌍한 멸종 위기종인 크리스털 라이거는 아이리스에게서 강탈한 목걸이와 함께 소멸됐다!"

그렇게 말한 나는 힘찬 목소리로 폭렬마법을 영창한 후—.

"『익스플로전』—!!!!!!"

왕도 인근의 숲에서, 폭렬마법을 사용했다—!

—왕도 한편에 있는 조그마한 술집.

그 가게의 주인으로 보이는 아름다운 여성에게 버튼이 반지를 내밀었다.

좀 떨어진 곳에서 그 광경을 지켜보고 있던 우리는 두 사람이 어떤 대화를 나누는지 알 수 없었다.

하지만—.

"버튼 씨도, 바베라 씨도 행복해 보이네."

"맞아요! 결과가 어떻게 됐든 간에, 저 두 사람의 대화를 훔쳐듣는 건 좀 그럴 것 같아요!"

융융과 아이리스가 말했다시피, 그 결과를 아는 건 멋 없는 짓이리라.

—그런고로…….

“보다시피, 서로를 좋아하지만 오랫동안 엇갈려왔던 두 사람이 저렇게 행복한 표정을 짓고 있잖아요. 훈훈한 이야기인 걸로 끝맺음을 하는 게 어떨까요?”

“말도 안 되는 소리 하지 마세요! 왕도 인근에서 폭렬마법을 쓰는 것은 금지했을 텐데요?! 그리고 뭐요? 크리스털 라이거? 그런 건 옛날 옛적에 멸종됐단 말이에요!”

나를 구속한 사람은 왕도를 지키는 여성 경관이었다.

왕도의 경관답게 엘리트 같았고, 그래서 그런지 우리말에 간단히 속아 넘어가지 않았다.

“크리스털 라이거가 존재한다는 증거라면, 버튼 씨가 가지고 있어요! 조그마하지만, 진짜로 크리스털 라이거의 결정이에요!”

“그런 건 아무래도 상관없어요! 지금 문제인 건, 당신이 왕도 인근에서 폭렬마법을 썼다는 거예요!”

마력이 바닥나서 꼼짝도 못하는 나를 로프로 꽁꽁 묶은 이 경관은 양손으로 내 볼을 움켜잡았다.

“하, 하지 마라~! 꼼짝도 못하는 여자애를 괴롭히는 거예요?! 당신이 그러고도 경관이에요?!”

"말은 가려서 해주세요! 큭, 왜 이런 애가 아이리스 님과 어울려 다니는 거야……?! 아이리스 님만 아니면 바로 철창 신세를 지게 만들어줬을 텐데……!"

분통을 터뜨린 그 여성 경관은 버튼 쪽을 쳐다보며 미소 짓고 있는 아이리스를 힐끔 쳐다보더니 나를 묶은 로프를 풀었다.

"……목숨을 건진 줄 아세요. 저 애는 제 부하거든요. 이대로 계속 묶어뒀다간, 당신의 목은 성검 뭐시기칼리버에 잘려나갔을 거예요."

"아이리스 님께서 그런 말도 안 되는 짓을 하실 리가 없어요. 잘 들어요. 다음에 또 왕도 인근에서 폭렬마법을 쓰면, 왕도 출입을 금지할 거예요."

여성 경관이 협박을 하자—.

"저희는 그 어떤 권력에도 굴하지 않아요. 그것이 홍마족의 긍지……."

"폼 잡으면서 그런 소리 해봤자 소용없거든요?! 진짜로 두 번 다시 왕도 주변에서 폭렬마법을 쓰지 말라고요!"

8

"자, 도착했어. 이제 몸을 움직일 수 있을 만큼은 마력이 회복됐지? 이제 그만 직접 걸어."

융융에게 업혀서 저택 앞에 도착했을 즈음에는 주위가 완전히 깜깜해졌다.

"……버튼 씨는 일이 잘 풀린 것 같아 다행이야."

"그 후에는 영 시답잖았지만 말이에요. 왜 저만 혼이 난 거냐고요."

그 후, 아이리스를 성에 데려다준 우리는 클레어에게 혼났다.

그 다음에는 레인에게도 혼났고, 그 뿐만 아니라—.

"너, 왕성 사람들에게도 혼쭐이 났잖아."

그렇다. 메이드에 집사, 그리고 병사 아저씨까지 우리를 꾸짖으며 걱정했다.

소중한 왕녀님이 늦은 시간에 돌아왔으니 당연할지도 모르지만…….

"그래도 아이리스가 멋대로 따라온 건데, 왜 제가 꾸중을 들어야 하는 거냐고요. 그것 말고는 국보인 목걸이를 분실했을 뿐이잖아요."

"그렇게 엄청난 사고를 치고도 그냥 꾸중만으로 끝난 걸 고맙게 생각해야 하지 않을까?"

융융이 사사건건 태클을 날렸다.

요즘 들어서 내가 하고 있는 모험도 즐겁기는 하지만, 내가 원하는 것과는 다른 느낌이 들었다.

내가 남들을 말리거나 막는 게 아니라…….

"게다가 너는 우리 파티의 리더잖아? 그래서 문제가 발생하면 네가 책임을 져야할 거 아냐."

융융은 평소와 다르게 놀리는 말투로 그렇게 말했다.

"파티 리더는 고생만 밥 먹듯이 하지, 딱히 득 되는 게 없네요……."

"……그, 그럼 내가 리더를 대신 맡아줄 수도 있는데……. 나, 나는 차기 족장 후보라서, 어차피 리더 연습도 해야 하니까……."

뭔가를 기대하는 눈길로 쳐다보며 우물쭈물하는 융융 때문에 짜증이 느낀 나는 이렇게 말했다.

"그건 그렇고 아이리스는 이제부터 어떻게 모험에 데려가죠? 그 애는 레벨이 너무 높으니, 마력을 억제하는 목걸이가 없으면 몬스터들이 전부 줄행랑을 칠 거예요."

"아이리스 양, 성에서 헤어질 때 엄청 아쉬워했어. 어떻게든 해주고 싶은데……. 그, 그러니까, 리더 말인데……."

아이리스는 크리스털 라이거를 내가 토벌했다고 주장해줘서 그 일 자체는 유야무야됐지만 결국 국보인 목걸이는 되찾지 못했다.

아이리스의 강한 마력을 느끼고도 도망치지 않는 거물을 상대하는 모험이라면, 그 아이를 데려가도 되겠지만…….

"저희끼리 목걸이를 되찾는 건 아마 무리겠죠."

아이리스와 융융, 그리고 나는 전원이 전투에 특화되어

있기 때문에 전투 이외에는 할 수 있는 것이 없었다.

도망친 몬스터의 탐지와 추적, 그리고 상황에 따른 적절한 지시를 내려줄 이가 필요하다.

그리고 무엇보다…….

"이 파티는 손발이 정말 안 맞으니까요……."

"저기, 우리 파티 최고의 문제아가 사돈 남 말 하지 말아줄래?"

세계 최고봉의 화력과 고도의 지능을 지닌 파티 리더라도, 온실 속 화초 타입 왕녀와 외톨이 여자애만 데리고 할 수 있는 일에 한계가 있다는 것을 절실히 깨달았다.

"저기, 왜 내 얼굴을 쳐다보고 한숨을 내쉬는 거야? 너, 진짜 자기가 얼마나 문제아인지는 안중에도 없나 보네."

카즈마 없이 모험을 하면서 깨달았다.

나는 누군가에게 지시를 내리는 것보다, 마음껏 날뛰는 게 적성에 맞는다는 것을 말이다.

"아이리스의 목걸이 문제는 제가 손써볼게요. 이럴 때 도움이 되는 사람이 있거든요."

내가 그렇게 말하자 융융은 누구를 말하는 건지 눈치챈 것 같았다.

"……카즈마 씨는 항상 고생이 많네."

……융융의 말이 옳다는 생각이 들었다.

공격이 항상 빗나가는 데다 괴상한 성적 취향을 지닌 다크니스…….

운이 나빠서 사고만 치고, 눈만 떴다 하면 쓸데없는 짓을 벌이는 아쿠아…….

파티에 문제아가 두 명이나 있으니, 카즈마도 고생이 끊이지 않을 것이다.

그런 만큼, 내가 신경을 써주도록 할까.

"자, 어느새 이렇게 늦은 시간이 됐네요. 내일 아침에라도 오늘 일을 보고하면서 카즈마에게 부탁해볼게요. 그 사람은 의외로 상냥한 편이니까, 분명 어떻게든 해줄 거예요."

"…………카즈마 씨는 진짜 고생이 많겠네. 문제아는 하나같이 자기가 가장 멀쩡하다고 생각하잖아. 그래서 더 힘들 거야."

알쏭달쏭한 소리를 늘어놓으며 동정하는 눈길로 저택을 쳐다보던 융융을 배웅한 후—.

"다녀왔습니다~."

나는 오늘 모험담을 보고하기 위해 현관문을 열었다—.

최종화
보석수에게 폭염을!

1

요즘 들어 평화로운 나날이 이어지고 있다고 생각했는데, 그건 전부 내 착각이었다.

메구밍이 꼭두새벽부터 나와 상의할 일이 있다고 했는데—.

"다시 말해봐."

나는 저택 거실의 융단에 무릎을 꿇은 메구밍에게 그렇게 말했다.

내가 소파에 앉아서 몸을 쑥 내민 가운데, 그런 내 옆에 앉은 다크니스는 입을 쩍 벌린 채 딱딱하게 굳어버렸고…….

"저기, 메구밍. 크리스털 라이거 토벌 같은 짭짤한 의뢰에 왜 나를 데려가지 않은 거야? 얼마 전에 아르칸레티아에 놀러갔을 때도 나한테 미리 말 안 했지? 왜 그런 건데?"

"일단 너는 입 다물고 있어. 지금 중요한 건 그게 아니라고."

메구밍의 옆에서 이유는 모르겠지만 같이 무릎을 꿇고 있던 아쿠아가 그녀를 향해 고개를 내밀고 그렇게 말했다.

나는 어험 하고 헛기침을 한 후—.

"그러니까, 뭐가 어떻게 됐다고?"

"얼마 전에 친구들과 같이 모험을 했는데……. 어쩌다 보니 국보인 목걸이를 크리스털 라이거란 몬스터에게 빼앗겼어요. 그걸 되찾으러 갈 건데, 함께 가주지 않겠어요?"

나는 머리를 감싸 쥐며 무너지듯 주저앉았다.

"이거야! 이게 바로 내가 모험을 하기 싫은 이유라고! 대체 왜 문제만 일으키는 거야?! 너는 옛날에 비해 철이 들었다고 생각했거든?! 요즘 들어서는 아쿠아도 얌전히 지낸다고!"

예전에는 미친개 같았던 메구밍도, 처음 만났던 때에 비하면 꽤 얌전해졌다고 생각했는데……!

"어이, 카즈마. 실은 아쿠아가 어제……."

"저기, 다크니스. 모처럼 내 평가가 좋아졌는데, 왜 괜한 소리를 하려고 하는 거야? 메구밍이 친 사고를 수습한 후에 은근슬쩍 실토할 생각이란 말이야. 커다란 실패 후에 사소한 실패를 고백하면 별것 아닌 것처럼 여겨질 테니까, 카즈마도 그냥 넘어갈 거야."

"크아아아아아아아아아아아아아아아아아!"

이것 말고도 동료가 친 사고가 더 있다는 사실을 알게 된 나는 무심코 고함을 질렀다.

그러자 한동안 고개를 숙이고 있던 메구밍이 갑자기 고개를 들면서 배시시 웃었다.

"얼마 전에 친구들과 같이 모험을 했는데……."

"시치미 떼면서 아까 했던 소리를 또 하지 말라고! 그리고 왜 히죽거리는 건데?! 배시시 웃으면 내가 어물쩍 넘어갈 거라고 생각한 거냐?! 이번에는 절대 그렇게 안 돼! 매번 너희가 친 사고를 수습해야 하는 내 입장에서 생각해 보라고! 파티를 이끄는 게 얼마나 힘든지 알기는 하는 거냐?! 이 얼간이들아!"

메구밍의 얼굴에서 미소가 사라지더니 그녀는 으득 하는 소리가 날 정도로 어금니를 깨물었다.

"보자 보자 하니까, 이 남자는 정말……! 파티를 이끄는 게 얼마나 힘든지는 요즘 들어 질리도록 느꼈어요! 예, 카즈마가 얼마나 고생하는지 알았다고요! 정말 대단해요! 엄청나다고요! 항상 고생이 많네요! 이제 됐나요?! 어차피 도와주게 될 테니까, 괜한 시간 낭비 하지 말라고요!"

이, 이이, 이 여자가~!

"이 로리가 되게 뻔뻔하게 나오네! 절대 용서 못해! 앞으로는 매일같이 드레인 터치로 마력을 흡수해서 너를 무력화시키겠어! 앞으로는 내가 허락할 때만 폭렬마법을 쓰게 해줄 거라고!!"

"바, 바보 같은 소리 하지 마세요. 그런 어처구니없는 협박은 하지 말라고요. 인간에게는 해도 되는 말과 해선 안 되는 말이 있거든요? 방금 그 말은 전력질주로 그 선을 넘어서는 발언이었다고요."

재빨리 몸을 일으킨 메구밍은 딱딱한 미소를 짓더니 내가 한 번도 본 적이 없을 정도로 겁을 먹은 채 살금살금 뒷걸음질을 쳤다.

나는 바인드용 와이어를 꺼내든 후 위협을 하듯 그것을 빙빙 돌렸다.

"내 이름은 사토 카즈마. 한 번 한다면 반드시 하고, 약속은 가능한 한 지키는 남자. 이 세상의 불합리함에 맞서며 기고만장한 홍마족에게 제재를 가하는 자. 요즘 들어 내가 빈둥빈둥 지내니까 아쿠아와 네가 나를 완전히 얕보는 것 같은데, 때로는 내가 얼마나 무서운 놈인지 가르쳐주겠어."

메구밍은 진땀을 삐질삐질 흘리면서 태도를 180도 전환하여 부드러운 미소를 머금었다.

"진정해요, 카즈마. 적반하장 격으로 제가 화낸 건 사과드릴게요. 그러니까 와이어를 내려놓으세요. 제가 좋아하는 카즈마란 사람은 그런 심한 짓을 하지 않아요. 저희가 억지를 부리거나 폐를 끼쳐도, 투덜거리면서 결국 도와주는 그런 사람이에요. 후훗, 요즘에 제가 혼자만 모험을 다녀서 삐친 건가요? 어쩔 수 없네요. 오늘은 저택에서 같이 느긋하게 지내죠."

"『바인드』."

나는 다짜고짜 바인드를 써서 메구밍을 묶어버렸다.

"카즈마! 잘못했어요! 화를 낸 것도, 훈훈한 분위기를 조성해서 얼버무리려고 한 것도 사과할게요! 그, 그러니까 더는 다가오지 말아주실까! 교섭! 교, 교섭을 해요, 카즈마!"

"아쿠아, 이건 본보기니까 똑똑히 봐둬! 이제부터 메구밍의 마력을 흡수해서 폭렬마법을 못 쓰게 할 거다! 너한테 할 보복 행위는 네 방에 장식되어 있는 이상한 모양의 돌, 그리고 고급 술과 연관된 거라고!"

"카카, 카즈마 씨, 나는 화 안 냈으니까 보복을 할 필요는 없거든? 그래도 요즘 카즈마 씨한테 너무 어리광을 부리긴 했어. 어제 내가 친 사고는 내가 어떻게든 수습할게. 그러니까 나한테는 아무 짓도 안 해도 돼."

아쿠아가 겁을 한껏 집어먹은 표정으로 다크니스의 등 뒤에 숨었고, 나는 메구밍을 향해 손을 내밀었다.

"카즈마아아아아아아아! 잠깐만 기다려요! 용서해주세요! 정말 잘못했어요! 실은 좀 삐쳐서 그런 거예요! 요즘 하도 저를 신경써주지 않으니까, 어쩔 수 없이 다른 애들과 같이 모험을 한 거예요! 실은 여러분과 함께 모험을 하러 가고 싶었어요! 부탁이에요! 뭐든 다 할게요! 반성할게요! 용서해주세요!!"

내가 메구밍의 목덜미에 손을 대기 직전—.

"뭐든 다 할게요, 라."

내가 움직임을 멈추자 세 사람의 차가운 눈길이 나를 향했다.

"……아, 뭐, 이미 각오는 되어 있으니 괜찮지만요……. 그래도 매번 이렇게 욕망에 약한 모습을 보니, 마음이 복잡해요……."

메구밍이 한숨을 내쉬면서 그렇게 말했지만—.

"어이, 딱히 그렇고 그런 짓을 요구할 생각은 없거든? 나를 미인계로 간단히 농락할 수 있는 쉬운 남자라고 생각하지 말라고."

"카즈마가 대체 왜 저러는 거지? 이상한 저주에 걸리기라도 한 건가?"

"나의 이 맑디맑은 눈으로 봐도, 저주에 걸린 것 같지는 않아."

나는 쑥덕대고 있는 두 사람을 힐끔 쳐다본 후 아연실색한 메구밍을 향해 이렇게 말했다.

"그럼 이제부터, 사토 카즈마의 이름으로 폭렬마법의 봉인을 집행하겠다. 마법을 행사할 때는 바로…… 너의 마스터인 내 허가를 받도록."

"마, 마스터?! 저, 정말 멋들어진 단어네요! 하지만 봉인이니 마스터니 같은 멋들어진 단어를 입에 담는다고, 저를 뜻대로 할 수 있을 거라고 생각하지 마세요!"

버둥거리고 있는 메구밍에게 드레인 터치를 사용해서 폭렬마법을 아슬아슬하게 못 쓸 정도로만 그녀의 마력을 흡수했다.

"큭, 나의 힘을 두려워한 백수가 저에게 견고한 봉인을 걸었군요……! 하지만 기억해 두세요. 이 봉인이 풀리는 순간, 세계가 폭염에 휩싸이리라는 것을……."

"네가 그런 소리를 하니까 폭렬마법을 봉인한 거야. 자, 가자! 뭐든 다 하겠다는 약속을 조건으로, 이번만 도와주겠어!"

"다크니스, 봤지? 역시 카즈마 씨는 쉬운 남자라니깐."

"쉿! 목소리가 너무 크다. 조심해라. ……어이, 카즈마. 그것보다 물어볼 게 있는데 말이다."

아쿠아와 소곤거리던 다크니스가 기대에 찬 표정으로 나를 쳐다보고 말했다.

"메구밍과 아쿠아의 처우는 들었다만, 만약 내가 사고를 쳤다면 어떤 벌을 내릴 것이냐?"

"하늘거리는 옷을 입고, 온 마을의 모험가들과 촬영회를……."

"혹시나 해서 물어본 것뿐이거든? 나는 아무 짓도 안 했다!"

2

장비를 갖추고 저택을 나선 우리는 메구밍과 의논을 했다.

"크리스털 라이거를 찾는 건 좋은데, 어떻게 찾을 거야?"

"왕도에 도착하면 제가 생각해둔 방법을 알려드릴게요. 참고로 라이거가 좋아하는 건 고급 보석이래요."

고급 보석…….

"어이, 다크니스."

"싫다."

내가 아직 본론을 꺼내지도 않았는데 다크니스는 딱 잘라서 그렇게 말했다.

"지금이 바로 네가 나설 때잖아. 너의 그 잘난 가문이면 보석 한두 개 정도는 있을 거 아냐."

"돌려받을 수 없을 것 같으니까 싫다! 우리 가문의 보석은 하나같이 역사적 가치가 있는 것들이란 말이다!"

아쿠아가 그 말을 듣자마자 몸을 날렸고 메구밍도 그 뒤를 따랐다.

더스티네스 가문의 저택으로 향하고 있는 것이리라.

"너희는 대체 어디에 가는…… 잠깐만. 카즈마, 왜 네가 우리 가문의 문양이 새겨진 펜던트를 가지고 있는 것이냐! 네놈은 대체 무슨 짓을 하려는 거냔 말이다!"

나는 그 두 사람을 쳐다본 후 일전에 다크니스에게 빌리고 돌려주지 않았던 펜던트를 자랑하듯 흔들어 보였다.

"이익, 그걸 내놔라! 너한테는 필요 없는 물건이지 않느냐!"

"이건 여러모로 편리하거든. 요즘 내 취미는 이 펜던트를 목에 걸고 귀족 같아 보이는 사람 앞을 어슬렁거리는 거야."

그러면 모르는 사람이 선망에 찬 눈길로 쳐다보거나, 모르는 사람이 한 턱 쏘기도 한다. 하지만 내가 그것을 설명하기도 전에 다크니스는 펜던트를 낚아채갔다.

"너란 남자는 정말……! 아니, 지금은 너를 비난할 때가 아니지. 빨리 저 두 사람을 쫓아가야 한다!"

"아가씨, 그러지 말고 저 녀석들이 돌아올 때까지 저기 있는 가게에서 차나 한 잔 하지."

"이러지 마라! 그런 건 다음에 하잔 말이다! 이대로 있다간 저 녀석들이……! ……그래. 나를 붙들어둘 생각인 거냐. 좋다. 네놈을 해치운 후에 저 두 사람을 쫓아가도록 하마."

어?

"아가씨, 뭐 잘못 먹었어? 평소와 다르게 꽤 세게 나오네. 설마 나한테 이길 수 있다고 생각하는 거야?"

아직 한 번도 나한테 이긴 적이 없는 다크니스는 빈틈없이 나를 살피면서 자신만만한 미소를 지었다.

"나를 얕보면 큰코다칠 거다, 카즈마. 지금의 네 스킬 중에 조심해야 하는 건 바인드뿐이지. 드레인 터치와 프리즈로는 나를 막을 수 없다!"

다크니스는 그렇게 말하고 자세를 낮추면서 내 바인드를 경계했다.

"호오, 세상물정 모르던 아가씨가 꽤 성장했는걸. 예전 같았으면 무턱대고 나한테 달려든 뒤 그대로 바인드에 걸려들어서 꽁꽁 묶였을 텐데 말이야. 그리고 남들 앞에서 치욕을……."

"헛수고하지 마라, 카즈마. 나에게 그런 수법은 통하지 않아."

내가 도발하는 어조로 그런 농담을 입에 담자 다크니스는 여유 넘치는 목소리로 내 말을 끊었다.

"그렇게 내 성적 취향을 자극해서 항복하게 만들려는 거겠지? 예전의 나라면 네 말에 속았을지도 모르지만, 거듭된 실망과 빗나간 기대를 통해 학습했다! 지금의 나를 어마어마한 짓을 하겠다, 치욕을 맛보여주겠다 같은 감언으로 농락할 수 있을 거라고 생각하지 마라!"

그게 감언인 거냐.

"뭐, 네가 진심으로 바란다면 어마어마한 짓을 해줄 수도 있긴 해. 하지만 너는 진짜로 나와 그렇고 그런 짓을 할 상황이 되면 움츠러들잖아. 너는 위장 마조히스트라고."

"위, 위장?! 위장이라고 했느냐?! 너는 항상 나를 도발해서, 자신이 유리한 상황으로 유도하지. 하지만 나는 그런 감언에 지지 않는……!"

바로 그때였다.

마을 한복판에서 대치하고 있는 우리에게, 찬란히 빛나는 보석을 안아든 아쿠아와 메구밍이 다가왔다.

"카즈마, 수고 많았어! 비싼 보석을 빌려왔어!"

"다크니스의 아버님에게 따님의 부탁이라고 말했더니, 가보인 보석까지 빌려주셨어요."

"뭐, 오래 걸렸네. ……다크니스, 왜 그래? 내 역할은 끝났으니까, 내가 진 걸로 해줄게."

나와 대치하는데 정신이 팔렸던 다크니스는—.

"……됐다. 그냥 내가 진 걸로 해라……."

작은 목소리로 그렇게 말하더니, 약간 삐친 것처럼 고개를 돌렸다.

—만전의 태세로 준비를 마친 우리는 드디어 왕도로…….

"헛소리 하지 마. 왜 나만 계속 왕도 출입이 금지되어 있는 거냐고!"

"저한테 그런 소리를 하셔도 곤란해요! 사토 씨가 왕도행 텔레포터를 이용하지 못하게 하라는 상부의 지시를 받았을 뿐이란 말이에요……."

왕도로 가기 위해 텔레포트 가게에 가보니 나만 여전히 왕도 출입이 금지되어 있었다.

내가 따지자 텔레포트 가게 누님은 난처한 표정을 지었으나—.

"기다려 봐라. 이 남자는 왕도 출입이 금지되어 있지만, 이번은 특례다. 더스티네스의 이름을 걸고, 이 자가 왕도에서 문제를 일으키지 못하게 하겠다고 맹……. 맹세……."

"어이, 빨리 말을 끝까지 하라고! 그리고 자신 없는 표정 짓지 마!"

—다크니스의 권력으로 무사히 왕도에 도착한 우리를, 메구밍은 뭔가 할 말이 있는 표정으로 쳐다보았다.

"메구밍, 왜 쳐다보는 거야? 할 말이라도 있어?"

"아, 그게……. 권력을 이렇게 휘두르는 모습을 보니, 여러분의 행동이 그 아이의 교육에 꽤 영향을 끼치고 있는 느낌이 들어서요……."

그 아이란 대체 누구를 말하는 것일까.

……한편, 나와 메구밍을 쳐다보던 아쿠아가 갑자기 다크니스의 옷자락을 잡아당겼다.

"저기, 다크니스. 나한테도 더스티네스 가문의 문양이 새겨진 펜던트를 줘."

"그, 그럴 수는 없다. 그리고 카즈마는 이제 그 펜던트를 가지고 있지 않다. 아까 돌려받았지."

다크니스는 그렇게 말했고 아쿠아는 고개를 갸웃거렸다.

"카즈마는 더스티네스 가문의 펜던트 말고 다른 것도 가지고 있거든? 저번에 고급 레스토랑에 갔을 때, 다크니스네 가문 말고 다른 귀족의 문양이 새겨진 펜던트를 써먹었어. 나도 권력을 휘둘러보고 싶단 말이야."

"어이, 카즈마. 이게 무슨 소리냐! 대체 어느새 그런 걸 손에 넣은 거냔 말이다! 네가 가진 건 내 가문의 펜던트만이 아니었던 것이냐?!"

"예전에 클레어란 여자가 준 거야. 그거 진짜 쓸 만해. 귀족들이 이용하는 가게에 운동복 차림으로 가도 쫓겨나지 않는다니깐."

어처구니가 없다는 표정으로 쳐다보는 다크니스한테서 돌

아선 나는 앞장서서 걷고 있는 메구밍에게 다가갔다.

이윽고 우리가 도착한 곳은 바로 왕도의 모험가 길드였다.

건물 크기도 그렇고, 소속된 모험가의 실력도 그렇고, 액셀 마을과는 차원이 달랐다.

우락부락한 모험가와 시비가 붙지 않기를 빌면서 내가 길드 안으로 들어가자 메구밍은 익숙한 걸음걸이로 길드 접수처에 향했다.

그리고 태연하게 카운터에 걸터앉더니—.

"언니, 예의 건으로 왔어요. 그 사람을 불러줄래요?"

"예, 메구밍 님. 지금 연락을 드리죠."

어라, 메구밍이 접수처 직원 누님 상대로 베테랑 모험가 같은 대화를 나누고 있잖아.

"어이, 메구밍. 너, 어느새 이곳의 단골이 된 거야? 그리고 길드 안의 모험가가 이쪽을 쳐다보고 있잖아."

"제가 요즘에 활약을 좀 했거든요. 그래도 이렇게 쳐다보면 곤란한데 말이죠……."

메구밍은 쿨한 표정을 짓고 그렇게 말했다.

"어이, 왜 메구밍이 이렇게 될 때까지 내버려둔 거야? 대체 무슨 짓을 한 건지는 모르겠지만, 이상한 착각에 빠져 있다고."

"나도 모르거든? 메구밍을 돌보는 건 카즈마 씨가 할 일이잖아?"

나와 아쿠아는 낮은 목소리로 그렇게 말했고 메구밍의 귀가 새빨개졌다.

다크니스는 그런 메구밍에게 상냥하게 미소를 지으며 말했다.

"메구밍, 허세를 부리고 싶었던 거지? 메구밍 또래의 애들은 다들 그러고 싶어 한다더구나."

"아, 아니에요! 저는 이곳의 단골이에요! 으음……. 아, 맥스가 저기 있네요!"

얼굴이 새빨개진 메구밍이 길드를 둘러보더니, 대낮부터 술을 마시고 있던 코에 상처가 난 거한에게 말을 걸었다.

"맥스가 아니라 렉스라고."

술잔을 손에 든 거한이 약간 상처받은 표정을 짓고 그렇게 말했다.

그 옆에는 꽤 드세어 보이는 미인 누님과 도끼를 짊어진 남자가 메구밍을 향해 친근한 미소를 짓고 있었다.

"어, 어이, 카즈마. 메구밍이 베테랑 모험가와 친근하게 이야기를 나누고 있다!"

"저기, 카즈마. 뭔가 이상해. 나, 왠지 메구밍이 베테랑 모험가처럼 보여."

"다들 진정해. 이건 사기야. 미리 돈을 줘서 아는 사이인 척 해달라고 부탁해둔 거야."

"아까부터 되게 시끄럽네요! 제가 왜 그렇게 어이없는 짓을 하냐고요! 이 세 사람은 옛날에 저를 스카우트하려고 했던 이들이에요!"

메구밍이 발끈해서 그렇게 외치자 나는 그제야 안도했다.

"말실수했네. 뭐? 네가 스카우트를 받아? 말도 안 되는 거짓말 하지 말라고."

"카즈마 말이 맞아. 이제 안심이 되네."

"메, 메구밍. 거짓말을 하지 마라. 나중에 후회하게 될 거다."

메구밍은 우리의 말을 듣더니 렉스란 거한을 이쪽으로 끌고 왔다.

"자, 저의 동료들에게 설명 좀 해주세요!"

"뭐어……?! 그, 그게, 우리는 옛날에 메구밍을 스카우트했거든? 홍마족에 폭렬마법도 쓸 수 있는 녀석이잖아. 같이 왕도에서 활약해보자고 말했어."

언뜻 보면 거짓말을 하는 것 같지는 않지만—.

"어디서 세뇌 마도구를 산 거 아냐?"

"아니, 그것보단 협박을……."

"아냐. 인질을 잡은 게……."

"세 사람 다 밖으로 따라 나와라!"

우리가 메구밍을 놀리고 있을 때 접수처 아가씨가 누군가를 데리고 왔다.

"오래 기다리셨어요. 버튼 님을 모시고 왔어요."

이 자리에 나타난 이는 안경을 쓴 중년 남성이었다.

"하루만이야, 메구밍 군! 저 세 사람이 너의 동료지? 나는 버튼이라고 해. 생물학계의 권위자이자 최근에 화제의 중심에 있는 유명 작가지. 사인을 해줄까?"

3

메구밍 군의 이야기에 따르면 이 아저씨의 의뢰를 수행하다가 국보인 목걸이를 크리스털 라이거에게 빼앗겼다고 한다.

원래 의뢰를 맡은 모험가가 장비를 빼앗기더라도 그것은 모험가의 자기 책임이지만…….

"메구밍 군에게는 저번 의뢰 때 말고도 꽤 신세를 졌거든. 크리스털 라이거를 추적할 거라면 내가 도와주는 편이 좋을 것 같더란 말이지."

"맙소사. 메구밍 군은 대체 우리 몰래 무슨 짓거리를 하고 다닌 거야?"

"메구밍 군, 고마워. 덕분에 알지도 못하는 아저씨의 사인을 받았어."

현재 우리는 목걸이를 빼앗긴 것에 책임감을 느끼는 건지 협력을 해주겠다는 버튼을 데리고 왕도의 숲 중심부로 향하고 있었다.

"……그, 그런데 목적지는 아직도 먼 것이냐, 메구밍 군…… 아얏! 아앗, 왜 나만……!"

우리가 메구밍 군이라고 부른 바람에 인내심이 바닥난 듯 한 메구밍 군이 다크니스에게 달려들었다.

"예전에는 이 근처에 있었지만, 크리스털 라이거는 초보자 킬러와 같은 계통의 몬스터잖아요. 교활하니까, 장소를 옮긴 걸지도 몰라요……."

메구밍은 다크니스를 뒤편에서 꼼짝 못하게 움켜잡은 후 주위를 두리번거렸다.

"그렇겠지. 뭐, 이쯤에서 내가 나서야겠군."

버튼은 그렇게 말하더니 등에 매고 있던 가방에서 검은색 덩어리를 꺼냈다.

"흐음, 아저씨는 뭔가 좋은 생각이 있는 거야?"

"아저씨가 아니라 버튼 교수님이라고 불러"

"알았어, 버튼 교수님!"

초면인 아저씨지만 이 사람한테서는 괴짜 느낌이 물씬 났다.

아쿠아가 바로 동조한 것이 그 증거다.

"아쿠아 군, 이게 뭔지 아나?"

"나의 맑디맑은 눈으로 보아하니, 이건 똥이 틀림없어."

버튼은 자신이 지면에 둔 그 덩어리를 나뭇가지로 찔러대고 있는 아쿠아를 향해 이렇게 말했다.

"아쿠아 군은 상당한 관찰안을 지녔군. 그래. 이건 크리스털 라이거의 똥이지. 이제부터 이걸 이용해 그 몬스터를 유인할 거다!"

"내 관찰안이 엄청난 건 사실이지만, 그렇다고 관찰안만 뛰어난 건 아니거든? 이걸 어떻게 쓰려는 건지도 알겠어. 카즈마 씨에게 냄새를 맡게 한 후, 몬스터를 추적하라고 시키려는 거지?"

"너는 내가 대체 뭐라고 생각하는 거야?"

버튼은 라이거의 똥을 손수건으로 감싸더니 그것을 머리 위로 치켜들었다.

"라이거 종은 경계심이 매우 강할 뿐만 아니라, 자신의 흔적을 남기지 않아. 이 똥도 메구밍 군들과 함께 발견했을 때는 흙에 덮여 있었지. 아쿠아 군, 내가 질문을 하나 하겠어. 이 똥이 이 근처에 방치되어 있다면 어떤 일이 벌어질까?"

"자기 똥을 남들이 보는 게 부끄러운 나머지, 회수하러 올 거야."

"약간 핀트가 어긋났지만 얼추 맞는 말이군. 이 똥의 흔적을 없애러 올 거다."

똥이란 단어를 연이어 입에 담으며 고개를 끄덕이는 두 사람의 모습을 보자 나는 점점 불안해졌다.

"어이, 메구밍. 이 사람, 진짜로 괜찮은 거 맞아? 진짜로 생물학계의 권위자인 거야? 그냥 흔해빠진 아저씨인 건 아니지?"

"저도 불안하지만, 몬스터에 관해서는 틀린 소리를 하지 않을 거라고 생각해요."

아쿠아와 의기투합을 한 버튼은 말을 이었다.

"우리의 목적은 라이거의 토벌이 아니라 목걸이를 회수하는 거지. 라이거가 어슬렁어슬렁 기어 나오면, 그 다음에는 고가의 보석으로 주의를 끄는 거야. 보석을 일부러 빼앗긴 후에 추적을 해서, 그 녀석의 소굴을 찾는 거지."

말을 마친 버튼이 안경을 고쳐 썼다.

"—진짜로 나타났어……."

똥을 지면에 두고 한 시간 쯤 흘렀을 때였다.

버튼의 몬스터 강의를 듣고 있을 때 적 탐지 스킬이 반응했다.

반응이 느껴진 방향을 천리안을 써서 쳐다보니 온몸이 보석으로 뒤덮인 커다란 몬스터가 멀찍이서 우리를 관찰하고 있었다.

하지만 그 시선은 자신의 똥이 아니라 메구밍을 향하고 있었고…….

나는 주위를 경계하듯 고개를 두리번거리면서 근처에 있는 버튼과 다크니스에게 속삭였다.

(어이, 라이거가 나타났어. 아직 반응을 보이지 마. 눈치 못 챈 척 하라고)

"즉, 여성의 모습을 한 몬스터가 에로틱한 것은 생물학적으로 올바른 거지! 여기사가 방어력이 떨어지는 비키니 아머를 선호하는 건 어째서일까? 그건 적병에게 성욕을 느끼게 해서 자신의 생존율을 올리기 위해서야! 남자인지 여자인지 분간이 안 되는 전신 갑옷을 걸친 여기사와, 한눈에 여자라는 걸 알 수 있는 비키니 아머 기사! 흑심이 생긴 적병은 가능한 한 비키니 기사를 죽이지 않고 사로잡으려 하겠지!"

"여기사 전통의 비키니 아머에 그런 외설적인 이유를 붙이지 마라! 여성형 몬스터는 남자를 유혹해서 먹이로 삼으려는 것뿐이다! 비키니 기사는 그 모습으로 아군의 사기를 북돋고, 왕족의 밤시중을 드는 등, 어엿한 이유가 있기 때문에……!"

버튼과 다크니스는 내 말을 깔끔하게 무시하고 흥분하여 말다툼을 벌였다.

이 녀석들은 대체 무슨 이야기를 하는 거야.

"역시 그런 이유였던 거냐! 애초에 방어구로서의 역할을 못하는 물건을 아머라고 부르는 것 자체가 잘못됐어! 그리고 다크니스 양은 이렇게 비키니 아머의 유용성을 주장하면서, 왜 자기는 그걸 걸치지 않는 거지?!"

"맞아, 맞아!"

나는 버튼의 말에 동의했고 다크니스는 얼굴을 새빨갛게 붉혔다.

"아니, 그건……! 나는 파티의 방패 역할이기 때문에, 색기보다는 방어를 중시해야 하니까……."

"색기보다 방어가 더 필요하다고 대체 누가 말했는데?!"

바로 그때, 메구밍이 옆에서 내 옷을 잡아당긴 덕분에 나는 퍼뜩 정신이 들었다.

(카즈마, 라이거가 나타났죠? 그런데 당신까지 저런 한심한 대화에 참가하면 어떻게 하냐고요)

(하, 한심한 대화는 아냐. 매우 중요한 논의라고)

논의 내용이 그냥 흘려 넘길 수 없는 것이었던지라, 무심코 끼어들고 말았다.

"좋아. 다크니스, 이쪽으로 와봐."

"무무, 무슨 짓을 하려는 것이지?! 공작 영애인 내가 비키니 아머를 입을 수는……."

"그 이야기는 이제 됐으니까, 빨리 이쪽으로 오기나 해! 마음 같아서는 그 중요한 논의를 계속하고 싶지만 말이야! 아무튼 이쪽으로 와서 보석을 꺼내라고!"

보석을 꺼내라는 내 말을 듣고 상황을 파악한 다크니스는 나를 쳐다보며 입을 열었다.

"라이거는 어디 있지?"

"네 뒤편이야. 저 녀석이 주시하고 있으니까 쳐다보지 마. 잘 들어. 보석을 꺼내면서 미끼라는 걸 들키지 않도록, 자연스럽게 꺼내는 거야."

다크니스는 눈빛만으로 나에게 알았다고 말했다.

"하아, 너와 이야기하니 피곤하구나……. 일과인 보석 감상이나 하며 지친 마음에 활력을 불어넣어야겠다."

뭐 그런 일과가 다 있냐고. 연기를 할 거면 그 내용을 좀 생각해보고 하란 말이다.

메구밍은 웃음을 참느라 새빨개진 얼굴로 이렇게 말했다.

"다크니스한테도 일과가 있는 줄은 몰랐네요. 1일 1폭렬이 일과인 저와 마찬가지네요."

"그, 그래. 마찬가지구나!"

다크니스는 자포자기한 표정으로 보석을 꺼내더니 그것을 감상하기 시작했다.

"다크니스는 그런 독특한 취미를 가졌구나. 좀 의외야. 마을에 돌아가면 다른 사람들한테도 이야기해 줘야지."

"아쿠아. 조금 후에 나와 이야기 좀 하자."

아쿠아가 괜한 짓을 벌이지 못하게 하려는 건지 다크니스가 견제 삼아 그렇게 말한 바로 그때였다.

"윽, 빨라! 어이, 다크니스! 뒤를 조심해!"

"어?! 아앗!!"

한참 떨어진 곳에 있던 라이거가 순식간에 접근하더니 다크니스가 들고 있던 보석을 탈취했다.

유심히 보니 그 라이거의 목에는 한눈에 봐도 고급품이라는 것을 알 수 있는 목걸이가 걸려 있었다.

몬스터 주제에 액세서리를 차고 있다는 사실에 내가 놀라고 있을 때 보석을 입에 문 라이거가 우리를 힐끔 쳐다본 후—.

"라이거가 도망쳤어요! 빨리 쫓아가죠!"

"좋아. 계획대로 됐어."

여기까지는 완벽하다.

우리는 예정대로, 도망친 라이거를 추적하기 시작했다.

"저기, 카즈마. 라이거가 너무 빠른 거 같지 않아? 파오리처럼 재빠른 내 발로도 쫓아갈 수가 없어."

"참 맛있을 것 같은 발이네요. 이럴 때는 파오리가 아니라 날다람쥐 같다는 말이 적절하지 않을까요?"

"거, 걱정하지 마라. 카즈마한테 좋은 생각이 있을 거다. 너라면 이 정도 사태를 예상했겠지?"

나는 불안해 보이는 다크니스를 쳐다보고 힘차게 고개를 끄덕였다.

"으음, 계획이 약간 어긋났네. 앞으로 어떻게 할지 다 같이 생각해보자."

"방금 그건 우리 가문의 가보 중 하나란 말이다!"

다크니스가 금방이라도 울음을 터뜨릴 표정으로 라이거가 도망친 쪽을 향해 부리나케 뛰어갔다.

4

라이거의 발자취를 놓친 우리는 잠시 휴식을 취하기로 했다.

"완전히 놓쳐버렸네. 그래도 걱정하지 마. 다른 방법이 있거든."

"정말이냐?! 정말이지?! 그걸 잃어버렸다간, 아버님께 혼쭐이 날 거다!"

어깨를 들썩이고 있는 버튼 이외에는 다들 체력이 남은 것 같았다.

"다크니스가 방금 아버님께 혼쭐이 날 거라고 말했지? 쟤는 아빠한테 혼나는 것도 좋아하나 보네."

"아빠에게 꾸지람을 듣는 게 무서운가 보네요. 다크니스도 귀여운 구석이 있네요."

"크……! 카즈마, 빨리 다음 수를 생각해봐라! 내가 뭘 어쩌면 되겠느냐?!"

메구밍에게 놀림을 받고 얼굴이 빨개진 다크니스는 대꾸할 여유도 없는 건지 조바심을 내며 나를 재촉했다.

"뭐, 진정해. 다른 방법은 바로 버튼 씨가 내놓을 거야. 생물학자인 버튼 씨라면 주위의 흔적을 통해 라이거의 보금자리를 찾아낼 수 있을 거라고."

"오오……!"

다크니스는 그 말을 듣더니 기대에 찬 눈길로 버튼을 쳐다보았다.

버튼은 힘차게 고개를 끄덕인 후—.

"음. 나만 믿으라고 말하고 싶지만, 나한테는 무리다."

"무리라네."

"어쩌면 좋지?! 우리 가문의 가보가……!"

다크니스는 내 어깨를 움켜쥐고 흔들어댔다.

"하아, 어쩔 수 없지……. 이 방법은 쓰고 싶지 않지만……."

어처구니없는 일이 일어날 게 틀림없다고 반쯤 확신하면서도 나는 적 탐지 스킬을 사용했다.

"카즈마 씨~! 카즈마 씨~!!"

"이 멍청아! 뭐하는 거야?! 어이, 다크니스! 내가 덩굴을 자를 테니까, 네가 묶여 있는 아쿠아를 구출해!"

적 탐지 스킬을 통해 추적을 시작한 우리는 반응이 느껴지는 가장 가까운 곳으로 향했으나—.

"이 녀석은 미믹#3의 파생 몬스터군! 아쿠아 군, 기뻐해! 이 버튼이 저걸 신종 몬스터로 지정하겠어! 그리고 자네에게는 저 몬스터에게 이름을 지어줄 권리를 주지!"

"잠깐만요, 버튼 씨. 이름은 제가 지어주고 싶은데요."

"느긋한 소리 그만하고 빨리 구해줘! 저기, 카즈마는 검술 실력이 그저 그렇지?! 게다가 그 칼을 쓰는 모습을 본 적이 거의 없거든?!"

내가 「근처에서 몬스터의 반응이」까지 말했을 때, 아쿠아가 나무에 열린 과일을 땄다.

그와 동시에 늘어난 덩굴이 아쿠아의 몸을 휘감았고, 우

#3 미믹(mimic) 가공의 몬스터. 의태가 전문이며, 주로 던전 안에서 상자 같은 모양으로 변해있다가 다가온 모험가를 덮친다.

리는 이 상황에 처한 것이다.

"걱정하지 마! 나를 믿어! 눈을 감고 칼을 휘두를 거니까, 행운 보정으로 분명 정확하게 명중할 거야!"

"꺄아아아아아아아아~!"

내가 츈츈마루를 휘두르자 아쿠아를 휘감은 덩굴이 그대로 잘려나갔다.

"크! 나도 저 덩굴에게 휘감기고 싶지만, 지금은 라이거의 추적을 우선해야겠지……! 아쿠아, 괜찮으냐? 카즈마, 다음 반응이 느껴지는 곳으로 향하자!"

평소와 다르게 의욕이 넘치는 다크니스가 울상을 짓고 있는 아쿠아를 덩굴에서 빼냈다.

"나, 그냥 돌아가고 싶은데……."

"차, 참아다오, 아쿠아. 그리고 열매 같은 걸 함부로 만지지 마라."

다크니스가 아쿠아를 달래고 있을 때 메구밍이 천천히 입을 열었다.

"이 몬스터의 이름은 아쿠아덩굴이 어떨까요? 아쿠아를 깔끔하게 포박하는 모습을 보고 딱 떠오른 이름이에요."

"나무로 위장하는 미믹 타입 몬스터, 아쿠아덩굴이구나. 왕도에 돌아가면 내가 신청을 하겠어."

"그 이름으로 등록하면 왕도에 폭우가 내리게 할 거야."

구출된 아쿠아가 버튼을 위협하는 사이, 나는 적 탐지 스킬을 사용했다.

"좋아, 다음!"

—적 탐지 스킬이 반응을 보이는 다음 장소로 향하던 도중의 일이다.

"꺄아아아아아아아~!"

"두려워할 필요 없어, 아쿠아 군! 저건 텐터클스 거대 사슴벌레의 애정표현이야!"

느닷없이 나타난 거대 사슴벌레가 뿔로 아쿠아를 집었다.

"적 탐지 스킬이 반응을 안 하네. 적의가 없나 봐."

"안 아프도록 힘조절을 하고 있나 보네요."

단순한 애정표현이니 공격을 하지 않고 그냥 지켜보기로 했지만…….

"이익, 빨리 아쿠아를 놔라! 라이거를 추적해야 한단 말이다! 정 그런 짓이 하고 싶으면 나한테 해라!"

"다크니스, 잠깐만 기다려. 이제 곧 이 애와 마음으로 소통할 수 있을 것 같아."

인내심이 바닥난 다크니스가 아쿠아를 떼어내려 했지만 뿔 사이에 끼인 당사자가 그걸 반대했다.

아쿠아와 사슴벌레가 충분히 친목을 도모했을 즈음—.

"위즈네 가게에서 설탕물을 얻어먹거든. 그래서 재가 나한테 동질감을 느낀 걸까?"

"이익! 카즈마, 다음 반응을 쫓자!"

—사슴벌레와 헤어지고 한동안 이동하자 적 탐지 스킬이 나무 위에 무언가가 있다는 것을 알려줬다.

"찾았네요……."

메구밍은 붉게 빛나는 눈으로 나무 위를 쳐다보고 그렇게 중얼거렸다.

나무 위에는 나뭇가지가 놓여 있으며 거기에는 여러 보석이 걸려 있었다.

그리고 그 보석을 지키듯 옆에 누워 있는 건—.

"딱히 경계하는 것 같지는 않군. 대체 어떻게 된 거지……?"

버튼은 그렇게 중얼거리면서 나무 위를 주시했다.

나무 위에 누운 라이거는 우리를 보고도 으르렁거리지 않았다.

하지만 적 탐지 스킬에 반응하는 것을 보면 우호적이지도 않은 것 같았다.

한편, 보석을 본 아쿠아는 눈을 반짝이며 말했다.

"저기 있는 보물 중에서 목걸이만 되찾으면 되지? 그럼 다른 보물은 나눠가지면 되겠네."

"어이, 아쿠아. 우리 가문의 가보도 되찾아야 한다는 걸 잊지 마라."

그런데 저 라이거는 왜 저렇게 경계심을 품지 않는 걸까.

"저희를 봤는데도 느긋하네요. 어쩌면 이건 함정일지도 몰라요."

라이거 계통의 몬스터는 머리가 좋다.

그러니 우리를 방심하게 만든 후 그 틈을 노리려고……!

"아니, 그저 우리를 얕보는 것 같군."

버튼이 딱 잘라 말했다.

"……에이, 얼마 전에는 저희를 보고 겁을 먹었거든요? 게다가 방금도 다크니스의 보석을 빼앗자마자 도망쳤잖아요."

"저번에는 아이리스 군을 두려워한 거지. 그리고 아까 보석을 빼앗아서 달아난 것은 너희가 상대할 가치도 없다고 여겨서 그냥 내버려둔 걸지도……."

메구밍은 마법을 영창하기 시작했다.

"멈춰라, 메구밍! 저기에는 목걸이와 가보가 있단 말이다!"

"맞아, 메구밍! 저런 보물을 네 폭렬마법에 휘말리게 할 수는 없어! 그랬다간 전부 박살이 나고 말 거야!"

두 사람이 허둥지둥 메구밍을 말렸으나 그런 짓을 할 필요는 없다.

왜냐하면 현재 메구밍은 봉인을 당한 것이다.

"둘 다 진정해. 저 녀석은 우리를 얕보고 있지 않아. 명백하게 우리를 경계하고 있거든. 고양이파인 나는 알 수 있어. 저 녀석은 그저 우리와 싸울 생각이 없는 것뿐이야."

그러니 죽일 필요는 없다.

우리의 목적은 목걸이와 보석을 되찾는 것이다.

라이거 계통은 머리가 좋다.

즉, 사람의 말도 이해할 것이다.

목걸이를 목에 건 라이거는 더스티네스 가문의 가보가 마음에 든 건지, 나무 위에서 그것을 깨물거나 핥고 있었다.

나는 라이거를 안심시키려는 듯 시원시원한 미소를 지었다.

"괜찮아. 무서워하지 마. 자, 보석보다 좋은 걸 줄게. 육포는 어때? 과일도 있어. 그 대신……."

내가 태연하게 다가갔을 때 라이거가 갑자기 나에게 달려들었다.

내가 날카로운 발톱을 간발의 차이로 피하자 라이거는 가보인 보석을 입에 문 채 나를 위협하듯 으르렁거렸다.

"저 자식, 나한테 달려들었어! 젠장, 내가 이렇게 친근하게 대해줬는데……! ……앗! 저 자식, 방금 하품했다고!"

"카즈마 씨를 얕보는 거야! 틀림없어!"

우리가 라이거를 경계하고 있을 때 갑자기 다크니스가 몸을 날렸다.

"보석은 돌려받겠다! 희소종이라니 목숨은 빼앗지 않으마! 하지만 저항한다면……!"

다크니스는 위협 삼아 검을 뽑아들었지만 라이거는 뒤편으로 몸을 날려 그녀의 공격 범위에서 벗어났다.

그 바람에 다크니스가 당황한 순간, 라이거는 앞발을 휘

둘러 그녀를 지면에 넘어뜨리더니 그대로 올라탔다.

"아아앗?! 크, 짐승 따위가 무슨 짓을……?! 아, 안 돼……!"

"저항한다면…… 같은 소리를 해놓고 어이없이 당하지 말라고! 그리고 기뻐하지도 마! 어이, 메구밍! 지금부터 네 봉인을 풀겠어!"

메구밍은 내 말을 듣더니 화들짝 놀라며 몸을 부르르 떨었다.

"윽?! 드디어 이 순간이 온 건가요……. 카즈마도 결국 각오를 다진 거군요……."

늘어놓는 말은 의미심장하지만 그저 아까 드레인 터치로 흡수했던 마력을 돌려주려는 것뿐이다.

"사토 카즈마의 이름으로 그대에게 명한다! 마왕군 대적용 개조인간, 홍마족 메구밍! 폭렬마법의 사용을 허가한다!"

"어쩔 수 없군요. 당신을 저의 마스터로 인정하며, 그 말에 순순히 따르는 것도 이번 뿐이에요. 영겁의 세월동안 봉인되었던 저의 힘. 지금이야말로 그 힘을 온 세상에 떨치겠어요!"

"두 사람 다 즐거워 보이네. 나도 그 놀이에 끼워줘."

세상을 종언으로 이끄는 짐승, 메구밍이 봉인에서 해방됐다.

그런 그녀가 마법의 영창을 시작한 바로 그때였다.

"저기, 카즈마. 라이거가 깜짝 놀란 것 같아. 봉인이 풀린 메구밍의 힘을 두려워하는 것 같네."

아쿠아의 말을 듣고 라이거를 쳐다보니, 메구밍을 본 라이거가 눈을 치켜뜨고 당황한 반응을 보이고 있었다.

몬스터는 인간을 잘 구별하지 못하며 상대방을 마력으로 인식한다.

메구밍이 마법을 영창하면서 마력이 새어나오자 이제야 상대가 일전에 자신을 궁지로 몰아넣었던 모험가라는 사실을 깨달은 걸까.

"다크니스. 저 녀석의 목에 걸린 목걸이를 빼앗아! 그러면 메구밍에게 폭렬마법을 날리게 할게!"

우선 목걸이를 탈환한다는 목적을 달성하기 위해 나는 라이거에게 깔린 다크니스에게 지시를 내렸다.

"그, 그게, 양손을 다 잡혀서 저항을 할 수가……."

"이 상황에서 기뻐하지 말라고! 너, 진짜로 저항하고 있긴 한 거냐?!"

나는 다크니스를 엄호하기 위해 라이거를 향해 뛰어갔다.

"자, 잠깐만 있어봐! 메구밍 군은 알고 있잖아?! 저건 멸종 위기종인……!"

"지난번에는 그런 소리를 하다 놓쳤잖아요! 이번에야말로 확실하게 해치워버릴 거예요!"

나는 그런 소리를 늘어놓고 있는 두 사람을 힐끔 쳐다본 후 아쿠아에게 말했다.

"아쿠아, 잠시라도 괜찮아! 저 녀석의 주의를 끌 방법이 없을까?!"

"알았어! 나만 믿어!"

아쿠아가 평소와 달리 힘찬 목소리로 그렇게 말해서 나는 그녀가 실패할 거라고 확신했다.

"지금부터 저 녀석에게 스틸을 걸겠어! 아마 높은 확률로 국보인 목걸이를 빼앗을 수 있을 거야! 메구밍은 그 순간에 라이거를 해치워버려!"

버튼은 내 말을 듣더니 화들짝 놀라며 비명을 질렀다.

"뭐, 뭐어?! 그랬다간 다크니스 양이……!"

"행복해 죽으려고 할 거야!"

내가 다크니스의 곁으로 뛰어가자 라이거가 나를 쳐다보았다.

"멈춰라, 카즈마! 네 작전대로 하면 목걸이는 무사히 되찾을 수 있겠지! 하지만 더스티네스 가문의 가보는……."

"그건 포기해! 네 아버지가 화내시면, 사토 가문의 가보를 대신 주겠다고 해!"

나는 다크니스를 향해 그렇게 말한 후, 방금 우리 가문의 가보가 된 괴상한 이름의 애도(愛刀)를 뽑아들고—!

"아쿠아, 지금이야아아아아아아!"

"필살 개인기, 경화수월!"

개인기로 주의를 끌려고 하는 아쿠아를 깔끔하게 무시한 라이거가 그대로 몸을 뒤편으로 날렸다.

"『스틸』!!!!!"

라이거가 회피 행동을 취했지만 간발의 차이로 스틸의 효과 범위를 빠져 나가지 못한 것 같았다.

내 손에 쥐어진 것은 여러 의미에서 묵직한 고가의 목걸이다.

그리고 라이거가 다크니스에게서 떨어지면서 약간이지만 우리와 거리를 벌렸다.

이 상황에서 폭렬마법을 날리더라도 우리는 심각한 피해를 입지 않을 것이다.

"메구밍, 날려버려!"

내가 지시를 내린 바로 그때였다.

"멈춰! 메구밍 군은 알고 있잖아?! 크리스털 라이거는 멸종 위기종이라고!"

버튼을 힐끔 쳐다본 메구밍은 다시 라이거를 주시하더니—.

"크리스털 라이거는 온순해! 초식성이며, 구기자 열매를 즐겨 먹어! 하다못해 겁을 줘서 쫓아내기만……!"

버튼이 필사적으로 그렇게 외쳤으나 메구밍은 경험치를 얻기 위해서라면 금슬 좋은 파오리 부부도 해치운다고 당당히 외치는 녀석이다.

봉인에서 풀려난 폭렬마도사는, 당연히 마법을 중단하지

않았고—.

“『익스플로전』—!!!!!!!”

폭렬마법 발동의 강렬한 마력을 느낀 것일까.
메구밍을 주시하고 있던 라이거는 그 자리에서 꼼짝도 못했다.
“꺄아아아아아아아아! 보물이—!!!”
아쿠아의 비명이 울려 퍼졌다.
라이거의 옆을 스쳐지나간 폭렬마법은 라이거의 보금자리에 꽂히더니 그곳에 있던 대량의 보물을 날려버렸다—!

에필로그

왕도로 돌아가는 길.

나는 카즈마에게 업힌 채 아쿠아에게 설교를 들었다.

"메구밍은 진짜 못 말린다니깐. 폭렬마법 밖에 못 쓰는 메구밍이, 폭렬마법을 명중시키지 못하면 어떻게 해? 폭렬마법을 빼면 메구밍한테는 밍 부분밖에 남지 않는단 말이야!"

"여러모로 할 말이 있지만, 폭렬마법이 메구 부분을 담당한다는 게 납득이 안 되네요. 그냥 제 이름 전부를 담당하고 있다고 생각하거든요."

"메구밍 본체보다 폭렬마법의 비중이 압도적으로 크다는 소리네. 그래도 괜찮은 거야?"

보금자리가 파괴된 라이거는 한동안 꼼짝도 하지 않고 우리를 쳐다보았다.

그리고 정신이 나간 버튼이 느닷없이 설득을 시작하자 라이거는 무슨 속셈인지 물고 있던 가보를 지면에 두고 사라졌는데—.

"하지만, 그 크리스털 라이거는 특이한 개체였어. 마치 우리말을 이해하는 것 같더군!"

버튼은 라이거가 죽지 않아서 기쁜 것 같았다.

아니, 진짜로 우리말을 이해하는 눈치였다.

왕도 인근에 살다가는 머지않아 토벌되고 말 것이다.

물고 있는 보석을 돌려준다면 자신들은 해를 끼치지 않을 것이다.

라이거는 그 말을 들으면서 나한테서 한시도 눈을 떼지 않았는데—.

"나, 그 녀석을 전에 본 적이 있는 것 같은 느낌이 들어. ……뭐, 우리는 초보자 킬러와 인연이 깊으니까, 그 녀석과 닮은 라이거 계통 몬스터와 착각하는 걸지도 모르지만……."

나를 업고 있는 카즈마가 고개를 갸웃거리면서 의아하다는 투로 그렇게 중얼거렸다.

"카즈마 씨는 발이 너무 넓은 거 아냐? 악마와 언데드만이 아니라, 결국 야생의 짐승한테도 마수를 뻗친 거야?"

"야생의 짐승한테 흥미가 있는 건 다크니스뿐일걸?"

카즈마가 그렇게 말하자 다크니스는 가보인 보석을 소중히 끌어안은 채 대꾸했다.

"나, 나는 가보가 무사히 되돌아온 것만으로도 만족이다……. 그 뿐만 아니라, 이번 모험은 꽤 즐거웠지. 어쩌면 내가 가장 득을 봤을지도 모르겠는걸."

마력이 바닥나서 몸이 나른하지만 동료들과 무사히 모험을 마쳐서 그런지 마음이 편했다.

"잠깐만 있어봐. 나는 개인기를 선보여서 제대로 주의를 끌었거든? 다크니스가 내 개인기를 뚫어져라 쳐다봤단 말이야."

"나는 다크니스의 주의를 끌라고 말한 적이 없다고."

"저기, 카즈마. 그래도 아쿠아의 개인기는 엄청났다. 집에 돌아가면 너도 보여 달라고 해라."

마력이 바닥나서 그런지, 점점 졸리기 시작했다.

"나도 너희에게 감사의 뜻을 표해야 할 것 같군. 생태가 수수께끼에 휩싸여 있는 크리스털 라이거가 인간의 말을 이해할지도 모른다는 사실을 알았지. 그것만으로도 엄청난 성과야!"

다크니스의 뒤를 이어 입을 연 버튼이 흥분한 어조로 그런 말을 했다.

"저기, 버튼 교수님? 기대하고 있던 보물이 다 박살이 나 버렸으니까, 왕도에 돌아가면 사인을 해줘. 그 대신 아저씨의 이야기를 들어줄게."

"좋아. 사인이라면 얼마든지 해주지! 아쿠아 군은 내 이야기가 정말 듣고 싶나 보군! 라이거 종의 똥이 전부 검은 색인 건, 크리스털 결정 아래편에 있는 털 색깔과 관련이 있지!"

아쿠아의 말을 듣고 기분이 썩 좋아진 버튼이 이야기를 시작했다.

"어이, 아쿠아. 너, 이미 사인을 받았잖아?"

"저 사람, 유명인이라니까 잔뜩 받아두면 쓰일 데가 있을걸? 만약 비싸게 팔 수 있다면 어쩔 건데?"

"그럴 일 없어."

나는 다른 이들의 대화를 들으면서 왜 아까 폭렬마법을 빗맞힌 건지 생각했다.

아, 그렇다. 구기자 열매다.

버튼이 크리스털 라이거가 구기자 열매를 좋아한다는 말을 듣고, 옛날에 초식성 초보자 킬러와 친구가 됐던 것이 생각났기 때문이다.

액셀 마을의 귀족에게 잡혀 있던 그 초보자 킬러를 구해준 적이 있는데…….

그 붉은 눈동자를 지닌 초보자 킬러는 지금도 건강히 잘 지내고 있을까?

오늘 만났던 라이거는 왠지 그때 그 초보자 킬러와 닮은 느낌이 들었다.

양쪽 다 구기자 열매를 좋아하는 만큼, 겉모습이 비슷한 걸지도 모른다.

"그런데 언제 아이리스에게 목걸이를 돌려주러 갈 거야? 너희만 보내는 건 불안하니까, 나도 따라가겠어."

"그런 소리는 왕도 출입 금지 명령이 풀린 후에 해라. 이 목걸이는 내가 아이리스 님에게 돌려드리겠다."

"앗! 인마, 공적을 독차지하려는 거지?! 나도 따라갈 거야! 그래서 아이리스한테 「역시 오라버니는 정말 대단하세요」라는 소리를 들을 거라고."

"너, 너……."

나는 동료들의 시끌벅적한 목소리를 들으면서 오늘 일을 돌이켜보았다.

오늘은 아쿠아가 울고, 다크니스가 하악하악하고, 카즈마가 화내는 그런 평소와 다름없는 모험을 했다.

융융, 아이리스와 함께 모험을 하는 것도 즐겁다. 그래도 나는 이 얼간이 파티와 함께 모험을 하는 것이 적성에 맞는 것 같았다.

게다가 이 허술하기 짝이 없는 파티의 버팀목은 바로 나니까 말이다.

"그건 그렇고, 이 파티에는 내가 없으면 안 되네. 목걸이를 되찾아준 걸로 포상을 받게 된다면, 내 몫을 넉넉하게 줘."

"네가 한 거라고는 개인기뿐이잖아. 그리고 이 파티는 내가 없으면 제대로 굴러가지 않거든? 앞으로는 나한테 더욱 감사하라고."

"나, 나도 화려하게 활약하지는 않았지만, 겉으로 드러나지 않게 이 파티를 묵묵히 지탱해왔다고 자부한다!"

……융융이 말했다.

문제가 많은 사람일수록, 자신을 가장 멀쩡하게 여긴다고 말이다.

아무튼, 모험가는 역시 모험을 해야 한다고 생각한다.

그러면 또 오늘처럼 뜻밖의 일이나 즐거운 일…….

그리고, 반갑다고 여길 만한, 일이…….

"카즈마, 카즈마……."

"왜 그래? 나한테 업혀서 자는 건 괜찮지만, 침은 흘리지 마."

이 남자는 정말…….

"그런 짓 안 해요. 내일 또 다 같이 모험을 하자는 말을 하고 싶었을 뿐이라고요……."

"싫어. 그리고 너, 그런 느긋한 소리를 할 여유가 있긴 한 거냐? 내가 돌아가서 무슨 짓을 할지 알고 있지? 너, 나한테 뭐든 다 하겠다고 말했잖아. 그리고 모르나 본데, 너는 내 등에서 잠들면 거의 3할 정도의 확률로 침을 흘린다고."

사람이 고마워하고 있는데, 왜 이 남자는 그런 마음을 이렇게 간단히 박살내버리는 걸까.

"그러고 보니 그 라이거는 왜 메구밍만 쳐다본 걸까? 신기한 거라도 본 눈길로, 계속 주목하던데……."

내 마음을 알 리 없는 카즈마가 혼잣말을 하듯 그렇게 중얼거렸다.

뭐, 카즈마가 오늘 오랜만에 함께 모험을 해줬으니 불평은 늘어놓지 말자.

내일은 되찾은 목걸이를 되돌려주러 갔다가, 그 후에는—.

"저기, 다크니스. 카즈마 씨, 지금 기분이 좀 좋은 것 같지 않아? 어제 내가 친 사고를 지금 실토하면 덜 화내겠지?"

"아쿠아, 좀 더 상황을 지켜보자. 최적의 순간은 아이리스 님에게 목걸이를 돌려주고, 칭찬을 들을 때일 거다."

"너희 둘, 지금 뭐라고 했어? 그러고 보니 오늘 아침에 너희가 말했지? 아쿠아가 사고를 쳤다고 말이야!"

그 후에는—.

"크리스털 라이거에 관한 이런 이야기도 있지. 대부분의 학자가 지지하지 않는 학설인데……. 크리스털 라이거는 구기자 열매를 즐겨먹는 괴짜 초보자 킬러가 구기자 열매의 떫은 맛 성분을 결정화시켜서 된다던가……."

"저기, 아저씨? 나, 슬슬 라이거 이야기에 질렸어."

카즈마에게 업힌 채—.

내일도 모험을 하는 상상을 하며, 기분 좋은 졸음에 온몸을 맡겼다—.

■ 작가 후기

『속 이 멋진 세계에 폭염을! 2』를 구매해주셔서 감사합니다.

우선 독자 여러분에게 사과를 드릴까 합니다.

이번 권에 등장한 크리스털 라이거 말입니다만, 꽤 예전에 점포 특전으로서 수록된 『붉은 눈동자를 지닌 초보자 킬러』라는 단편 소설에 등장한 초보자 킬러가 진화한 몬스터입니다.

그 점포 특전을 읽지 못한 독자 여러분은 이 이야기가 확 와닿지 않을 겁니다. 정말 죄송합니다.

원래라면 특전에 쓰인 소재를 서적에서 사용하는 건 좋지 않습니다만 개인적으로 좋아하는 에피소드라 다뤘습니다. 죄송합니다.

특전 소설을 읽지 못한 분을 위해 내용을 간략히 설명드리자면, 귀족에게 잡힌 초식성 초보자 킬러의 외모에 끌린 메구밍이 우리에 갇힌 초보자 킬러를 매일같이 보러 다니다 정이 들고 결국 초보자 킬러를 놔준다는 이야기입니다.

초보자 킬러는 말을 못하지만 지능은 아쿠아보다 뛰어나니, 분명 숲에 틀어박혀 평온한 삶을 살 거라고 생각합니다.

다음은 선전입니다.

이멋세의 극장판 애니메이션의 제목이 『홍(紅) 전설』로 결정됐습니다.

제목을 보면 짐작이 되시겠지만, 종족명에 홍이란 글자가 들어가는 사람들이 난리를 치는 이야기입니다.

그리고 「이멋세TRPG」라는 것이 3월 20일에 발매됩니다.

이 안에는 여러 작가 분들과 함께 실제로 TRPG를 한 리플레이도 들어 있으니 관심이 가는 분께서는 꼭 접해주셨으면 합니다.

영화, 콘서트, TRPG 등 미디어믹스가 어마어마하게 전개되고 있습니다.

「오버로드」, 「Re:제로부터 시작하는 이세계 생활」, 「이 멋진 세계에 축복을!」, 이 네 작품의 크로스오버 애니메이션 『이세계 콰르텟』도 음성수록이 시작됐으니 기대해주시길!

그리고 제가 원작을 담당한 만화 『케모노미치』의 애니화가 확정됐습니다.

만세!

이 작품은 복면 레슬러가 이세계에 소환되어 이러쿵저러쿵 하는 이야기입니다.

관심이 있으신 분께서 읽어주신다면 작가인 저도 정말 기쁠 겁니다.

—다방면으로 과도하게 전개가 되면서 작가조차도 전부 파악하지 못하고 있는 실정입니다만, 앞으로도 카즈마 일행의 모험을 독자 여러분께서 지켜봐주시면 기쁠 것 같습니다.

메구밍이 바라는 제대로 된 모험을 하는 날이 올지는 알 수 없습니다만…….

그럼 이번에도 책이 무사히 출판될 수 있도록 힘써주신 분들에게 감사 인사를 드릴까 합니다.

우선 일러스트를 맡아주신 미시마 쿠로네 선생님. 이번 권에서도 멋진 일러스트를 그려주셔서 정말 감사합니다.

그리고 담당 편집자이신 I씨, 디자이너 님과 교정자 님, 영업담당자 분을 비롯해, 이 책의 제작에 관여해주신 많은 분들. 이번에도 여러모로 폐를 끼친 것을 사과드리는 것과 동시에 감사의 인사를 드리고 싶습니다.

그리고 마지막으로, 이 책을 구매해주신 모든 독자 여러분. 진심으로, 감사드립니다!

아카츠키 나츠메

후 기.

악마를 잘 따르는 아이리스는 참 귀여워요!

2019.

■역자 후기

안녕하십니까. 근로청년 번역가 이승원입니다.

『속 이 멋진 세계에 폭염을!』 2권을 구매해주셔서 진심으로 감사드립니다.

……이실직고하겠습니다.

저는 속 이멋폭 2권이 나올 거라고는 생각도 못했습니다.

이멋세 최고 인기 캐릭터인 메구밍이 주인공인 단편이라면 분명 또 나올 거라고 생각했습니다만 『속 이 멋진 세계에 폭염을! 2권』이라는 형태로 나올 거라고는 꿈에도 몰랐습니다.

『속속 이멋폭!』, 『속의 속 이멋폭!』, 『진(眞) 속 이멋폭!』 이런 느낌으로 나올 거라고 생각했거든요.(어이)

그럼, 메구밍이 리더로 파티를 이끌며 사고를 치고 다니는(어이) 『속 이멋폭!』 2권에 관한 이야기를 해볼까 합니다.

스포일러가 포함되어 있을 수도 있으니 본편을 읽지 않으신 분들은 유의해 주시길!

이 스핀오프의 주인공이자 파티의 리더인 메구밍은 여전히 사고뭉치입니다만, 그래도 예전보다 성장한 모습을 보여주고 있습니다.

예전에는 다짜고짜 폭렬!이었습니다만, 지금은 기승전폭렬!이니까요.(—_—;)

융융, 아이리스, 그리고 때때로 세실리와 함께 모험을 하는 메구밍은 카즈마가 평소 얼마나 고생을 하는지 여실히 깨닫고 있습니다.

그래도 카즈마네 파티와는 다른 매력을 자아내고 있죠.

세계관 최강자급인 아이리스와 홍마족 엘리트 융융, 그리고 폭렬마법을 쓰는 메구밍 파티인 만큼 공격력은 상상을 초월합니다. 하지만 그것이 다른 문제점을 낳는 사태가…….

모험을 하고 싶다 그렇게 노래를 부르더니 파티원들 때문에 고생을 하는 메구밍을 보니 만감이 교차합니다.^^

메구밍이 언젠가 제대로 된 모험을 하기를, 그리고 메구밍이 주인공인 또 다른 이야기가 나오기를 진심으로 빕니다!

그럼 이만 줄이겠습니다.

L노벨 편집부 여러분. 항상 좋은 작품을 맡겨주셔서 감사합니다. 앞으로도 잘 부탁드립니다.

나만 빼놓고 돼지갈비 먹으러 간 악우들이여. 고기의 원한은 쉬이 잊히지 않는다. 다음에 돼지갈비집 솔플 사진을 보내 염장을 질러주마……ㅠㅜ.

마지막으로 언제나 제게 버팀목이 되어주시는 어머니와 『이 멋진 세계에 축복을!』을 읽어주신 모든 분들에게 진심으로 감사드립니다.

잉여신이 가출했다는 것만으로 얼굴에 생기가 도는 카즈마(^^)가 표지를 장식한 16권 역자 후기 코너에서 다시 뵙겠습니다!

2019년 8월 초

역자 이승원 올림

속 이 멋진 세계에 폭염을! 2
제멋대로 버스터즈

초판 1쇄 발행 2019년 9월 10일

지은이_ Natsume Akatsuki
일러스트_ Kurone Mishima
옮긴이_ 이승원

발행인_ 신현호
편집장_ 김은주
편집진행_ 최은진 · 김기준 · 김승신 · 원현선 · 권세라
편집디자인_ 양우연
국제업무_ 정아라 · 전은지
관리 · 영업_ 김민원 · 조은걸 · 조인희

펴낸곳_ (주)디앤씨미디어
등록_ 2002년 4월 25일 제20-260호
주소_ 서울시 구로구 디지털로 26길 111 JnK디지털타워 503호
전화_ 02-333-2513(대표)
팩시밀리_ 02-333-2514
이메일_ lnovelpiya@naver.com
L노벨 공식 카페_ http://cafe.naver.com/lnovel11

ISBN 979-11-278-5219-1 04830
ISBN 979-11-278-5218-4 (세트)

값 7,000원

아빠는 영웅, 엄마는 정령, 딸인 나는 전생자. 1권

마츠우라 지음 | keepout 일러스트 | 이신 옮김

연구직에 몰두하던 전생(前生)을 거쳐 전생(轉生)했더니
원소의 정령이 되어 있었습니다.
아버지는 전 영웅이고 어머니는 정령의 왕.
저 또한 치트 능력을 받았습니다…….
아버지와 어머니, 그리고 정령들에게 사랑을 듬뿍 받으며
쑥쑥(본의 아니게 겉모습만 빼고!) 자라던 어느 날,
아버지와 함께 방문한 인간계에서 어쩌다 보니 임금님의 주목을 받게 되고,
그 탓에 가족이 위기에……?
"확실히 부숴버릴 테니 각오해 주세요."

정령 엘렌, 전생의 지식과 정령의 힘을 구사하여
소중한 가족을 지키겠습니다!

L NOVEL

방과 후, 이세계 카페에서 커피를 1권

카자미도리 지음 | u스케 일러스트 | 이진주 옮김

마법의 숨결이 닿은 아이템이나 음식물이 산출되는『미궁』.
이를 중심으로 번영한 미궁도시의 외곽에 위치한 한 카페에서는
이 이세계에서 유일하게 커피를 마실 수 있다.
현대에서 온 고등학생 점주 유우가 꾸려나가는 이 가게에는,
오늘도 커피의 구수한 향기에 이끌려 카페 식도락을 추구하는
엘프와 드워프, 모험가들, 그리고 도시의 유력자까지 단골로서 찾아온다.
근처에 있는 마술학원에 다니는 소녀 리나리아도 그 중 한 명.
아직 커피는 달콤하게 타야만 마실 수 있지만,
유우가 있는 이 가게의 분위기는 무척 마음에 들었다.
하지만, 그 외에도 라이벌인 여자아이들이 잔뜩 있는데……?

사랑의 향신료가 풍미를 더한 맛있는 이야기를
이세계 카페에서 보내드립니다!

라이트노벨의 새로운 빛! L노벨의 신간은 매월 10일에 발매됩니다. http://cafe.naver.com/lnovel11

NOVEL

L NOVEL
15세 미만 구독 불가
일반공격이 전체공격에 2회 공격인 엄마는 좋아하세요?
STORY INAKA DACHIMA
ILLUST IIDA POCHI.
VOLUME 6
저자
이나카 다치마
일러스트
이이다 포치.
NOVEL

월드 오더 1~4권

코와 토키히사 지음 | 우에다 유메히토 일러스트 | 신동민 옮김

고등학생 키도 에이지는 거대한 생물이 날뛰는 세계로 전생한다.
그곳에서 에이지는 곰 같은 남자, 로키와 그의 제자인 미소녀 아이리와 만난다.
아이리는 헌터라 불리는 프로 마물 사냥꾼을 목표로 하고 있었다.
에이지는 이름을 키드로 바꾸고 아이리와 함께
검과 마법이 널리 퍼진 이 세계에서 헌터로 살아가겠다고 결심한다.
그리고 우연히 손에 넣은 강력한 힘으로
잇따라 공격해 오는 강대한 마물들을 거뜬히 쓰러뜨린다.
그 힘에 주목한 홍련의 염희, 필리아에게 쫓기고,
우연히 구해준 어린 천재 마도사 마기사의 동경을 받고,
그 모습을 보고 싸늘한 시선을 던지는 아이리에게 농락당하며
키드는 이세계에서 격동의 인생을 살아간다—.